MINUTO DE SILÊNCIO

Siegfried Lenz

MINUTO DE SILÊNCIO

Tradução
Kristina Michahelles

Título original
SCHWEIGEMINUTE

Copyright © 2008 *by* Hoffmann und Campe Verlag, Hamburgo

A tradução da edição brasileira deste livro recebeu uma bolsa de fomento do Instituto Goethe, que é financiado pelo Ministério de Relações Exteriores da Alemanha.

Direitos para a língua portuguesa reservados
com exclusividade para o Brasil à
EDITORA ROCCO LTDA.
Av. Presidente Wilson, 231 – 8º andar
20030-021 – Rio de Janeiro – RJ
Tel.: (21) 3525-2000 – Fax: (21) 3525-2001
rocco@rocco.com.br
www.rocco.com.br

Printed in Brazil/Impresso no Brasil

preparação de originais
LUCAS TRAVASSOS TELLES

CIP-Brasil. Catalogação na fonte.
Sindicato Nacional dos Editores de Livros, RJ.

L59m	Lenz, Siegfried, 1926-
	Minuto de silêncio/Siegfried Lenz; tradução de Kristina Michahelles. – Rio de Janeiro: Rocco, 2010.
	Tradução de: Schweigeminute
	ISBN 978-85-325-2596-3
	1. Ficção alemã. I. Michahelles, Kristina. II. Título.
10-3402	CDD-833
	CDU-821.112.2-3

Para Ulla

O silêncio e a riqueza da lentidão

Com este volume fininho que narra uma singela história de amor, a Editora Rocco resgata uma longa dívida. Minuto de silêncio, um dos mais recentes livros de Siegfried Lenz, é o primeiro de seus mais de 80 títulos a chegar às mãos do leitor brasileiro.

Lenz é um dos mais influentes escritores alemães do pós-guerra, ao lado de Heinrich Böll, Günter Grass e Martin Walser. Ao contrário destes últimos, nunca teve nenhuma obra de sua longa e profícua carreira traduzida para o português. No entanto, na Alemanha, todo aluno leu pelo menos Deutschstunde *(Aula de alemão)* na escola. Publicado em 1968, o livro se tornou um clássico.

Nascido em 17 de março de 1926 na Prússia Oriental, Lenz tem duas grandes fontes de inspiração: Hemingway, na literatura, e Willy Brandt, na política. Em 1970, acompanhou o amigo e então primeiro-ministro alemão à capital *polonesa quando este assinou o Acordo de Varsóvia, início da distensão entre Alemanha e Polônia. Testemunhou o gesto que entrou para a História como símbolo do mea-culpa e da busca dos alemães pela reconciliação, quando Brandt se ajoelhou diante do memorial às vítimas do nazismo no Gueto de Varsóvia.*

Muitas das histórias de Lenz, aliás, se passam na Prússia Oriental, principalmente na parte que hoje em dia pertence à Polônia. Diferentemente de tantos outros de sua geração, Lenz nunca se alinhou com os que reivindicavam a devolução desses territórios do Leste à Alemanha. Sempre combateu o revanchismo numa postura que, na época, era corajosa e hoje, vinte anos depois da unificação da Alemanha, já parece normal.

Tendo vivenciado os horrores da guerra e as dificuldades da reconstrução nos anos 1950, não admira que a necessidade de debater e superar os crimes do passado nazista seja a maior preocupação na obra de Lenz. Ela aborda, no entanto, os assuntos mais variados. Seu primeiro romance, Es waren Habichte in der Luft *(Havia falcões no ar), saiu em 1951 e trata de um professor que vive na região entre Rússia e Finlândia e tenta escapar de seus perseguidores políticos.* Der Mann im Strom *(O homem no fluxo), de 1957, reflete sobre o envelhecimento na sociedade de consumo.* Brot und Spiele *(Pão e circo) evidencia o esplendor e a miséria do mundo dos esportes, que em*

1959 já não era mais ingênuo. Das Vorbild *(O exemplo) retrata a realidade cotidiana da Alemanha Ocidental dos anos 1970.*

Lenz compôs ainda peças para rádio e teatro, histórias infantis, contos com personagens divertidos e comoventes. Em sua longa vida dedicada à literatura ganhou, entre vários outros, o Prêmio Goethe, o Prêmio Thomas Mann, o Prêmio Gerhart Hauptmann, o Prêmio da Baviera para Literatura e o Prêmio da Paz da Câmara Alemã do Livro. Em 2000, aos 71 anos, recebeu o Prêmio de Literatura de Weinheim, cujo júri é composto por jovens.

Minuto de silêncio, obra da maturidade, escrita aos mais de 80 anos, não é um romance nem um conto – é mais uma novela (Novelle) – e inscreve Lenz definitivamente na rica tradição de escritores da linha de Goethe, Kleist, Keller, Storm, Fontane. E evidencia a inspiração nos short stories americanos. Minuto de silêncio trata do amor. É a história de um primeiro amor – no caso, de um colegial de 18 anos. E Siegfried Lenz o faz da forma mais difícil – cenas curtas, momentos breves, palavras raras, gestos que acendem por um átimo uma esperança de final feliz.

"É uma história de amor sui generis, e o fio condutor é que o amor verdadeiro impõe renúncia, exige abrir mão de independência, de soberania", disse Lenz em entrevista ao semanário Die Zeit. *"Reservei essa história de amor para a idade avançada." Mas a dor e a tristeza*

não foram programadas: enquanto Lenz escrevia essa novela, sua mulher, para quem chegou a ler as primeiras 30 páginas, adoeceu e veio a falecer.

Minuto de silêncio é narrado a partir da perspectiva do aluno Christian, filho de um pescador que retira pedras do fundo do mar – trabalho solitário e metaforicamente rico. Nas férias de verão, ele se apaixona por sua professora de inglês, Stella, filha de um veterano de guerra. Mas uma tragédia anunciada desde a primeira linha do romance – na verdade, desde o título – coloca um fim abrupto ao que parecia um sonho.

Os cenários – uma pensão na praia, uma pequena ilha, onde Stella e Christian param com uma avaria no barco e se aproximam pela primeira vez, de maneira fugidia, quase medrosa; a casa despojada do pai de Stella, a casa despojada da família de Christian – são tão sóbrios e secos quanto a trama e a linguagem.

Artesão da palavra, Lenz traduz para o texto a secura, a falta de palavras, a introspecção, o modo de vida quase rude da região da Frísia, no norte da Alemanha, com seu amplo horizonte, sua planura, sua austeridade. Um desafio para qualquer tradutor. Este pano de fundo lento, quase parado no tempo, contrasta com a força da natureza, das ondas, do vento, da tempestade fatal. Da mesma forma, o imobilismo ressalta o erotismo sutilíssimo, apenas sugerido, quase envergonhado, que se transforma em uma sensualidade fisicamente perceptível pelo leitor. Como quando o amigo de Christian colhe água do mar e faz pingar nas costas de Stella. Ou quando a marca dos rostos no travesseiro é a única expressão do primeiro encontro.

Decência, tato, cuidado, gentileza, valores evocados com uma nostalgia quase melancólica e um tempo passado em que ainda se pagava em marcos, em que se ouvia Benny Goodman, em que o primeiro carro ainda era um reles Fusca. O rito de passagem de Christian, o jovem colegial que amadurece à força, é também o rito de passagem do leitor de um mundo de consumismo, sexo escrachado, velocidade turbinada, multidões para o silêncio e a riqueza da lentidão.

Kristina Michahelles
Abril de 2010

"Chorando, nos prostramos", cantou o coro da nossa escola no início do culto comemorativo, e em seguida Herr Block, nosso diretor, dirigiu-se ao pódio repleto de coroas de flores. Caminhou a passos lentos, mal olhou para o auditório cheio; diante da fotografia de Stella, num suporte de madeira, deteve-se, endireitou-se – ou pareceu se endireitar – e inclinou-se em reverência.

Quanto tempo ele permaneceu naquela posição, diante da tua foto, Stella, atravessada por uma fita preta enviesada, uma fita de luto, uma fita comemorativa; enquanto ele se abaixava, procurei teu rosto com aquele mesmo sorriso condescendente que nós, os alunos mais velhos, conhecíamos da tua aula de inglês. Teus cabelos negros curtos que eu acariciara, teus olhos claros que eu beijara na praia da ilha dos Pássaros: tinha que me lembrar, e me lembrei, de como me encorajaste a adivinhar tua idade. Herr Block falou olhando para tua foto, chamou-te de querida, prezada Stella Petersen, mencionou que durante cinco anos foste parte do corpo docente do liceu Lessing, respeitada pelos professores, popular entre os alunos. Herr Block tampouco se esqueceu de mencionar tua prestimosa atuação na Comissão para o Livro Escolar, e finalmente se lembrou de que eras uma pessoa sempre alegre: "Os que participaram com ela de excursões durante muito tempo ainda se lembravam do que ela inventava, do clima entre todos os alunos, aquele sentimento de coletividade, de pertencer ao liceu Lessing; ela promoveu esse sentimento de coletividade."

Um ruído sibilante, um ruído de advertência lá do lado das janelas, onde estavam os pequenos, os alunos da oitava série que não paravam de tagarelar sobre aquilo que lhes interessava. Agitavam-se, empurravam-se, mostrando coisas uns aos outros; o professor se esforçava para mantê-los quietos. Como estavas bela naquela fotografia, aquele suéter verde eu conhecia, conhecia também o lenço de seda com as âncoras, o mesmo que usaste naquele dia, na praia da ilha dos Pássaros, onde fomos parar durante a tempestade.

Depois do diretor era a vez de um aluno falar; primeiro, pediram para mim, provavelmente porque eu era representante de turma; eu declinei, sabia que não conseguiria fazê-lo depois de tudo o que havia acontecido.

Com minha recusa, convidaram Georg Bisanz, ele até pediu para dizer algumas palavras sobre Frau Petersen. Georg sempre fora o aluno predileto, suas explanações sempre ganhavam os maiores elogios. O que será que pensarias, Stella, se tivesses podido escutar seu relato sobre a viagem da turma, a excursão para uma ilha do norte da Frísia, onde um velho guardião de farol nos explicou seu trabalho e onde pisoteamos linguados nos bancos de areia, aos gritos, as pernas cobertas de lama, ele também mencionou tuas pernas enlameadas e a saia puxada para cima e que foste tu quem conseguiu descobrir a maior parte dos peixes chatos com os pés. Georg não omitiu a noite no restaurante. Quando elogiou os linguados fritos, falou por todos nós, e eu também concordei quando ele, entusiasmado, lembrou daquela noite em que entoamos canções de marujo.

Nós todos cantamos em coro, todos conhecíamos "My Bonnie" e "Wir lagen vor Madagaskar" e as outras canções. Eu tomei duas cervejas e, para minha surpresa, Stella também tomou cerveja. Às vezes, eu achava que eras uma de nós, uma colega, tu te divertias com as mesmas coisas que nós, achaste graça quando um dos nossos colegas colocou bonés nos pássaros empalhados que estavam por toda parte, bonés que ele, jeitoso, fazia com papel. "Todos nós, caros colegas, ficamos contentes com o fato de dois alunos terem recebido uma bolsa para Oxford", disse o diretor, e, para enfatizar a importância, apontou com a cabeça em direção à fotografia de Stella e repetiu baixinho, "bolsas para Oxford". Mas como se aquela afirmação pudesse ser interpretada de outro jeito, de repente se ouviu um soluço, o homem que soluçava, a mão diante da boca, era Herr Kugler, nosso professor de artes, nós os havíamos visto juntos no caminho de volta para casa, Stella e ele. Ocasionalmente, ela se enganchava em seus braços, e como ele era muito mais alto do que ela, às vezes parecia que ele a rebocava. Alguns dos alunos se cutucaram, chamando a atenção para o professor que soluçava; dois alunos da sétima série mal seguravam o riso.

Ele não estava entre os espectadores que nos assistiam enquanto trabalhávamos no quebra-mar; Herr Kugler estava num barco, velejando pelas ilhas dinamarquesas. Entre os espectadores que todos os dias vinham nos assistir, aquele homem alto com sua preocupante magreza logo teria chamado minha atenção. A maioria dos espectadores eram veranistas.

Eles saíam do hotel Seeblick e vinham pela praia, alguns em trajes de banho, subiam no molhe e davam toda a volta até a ponta, onde procuravam um lugar junto ao farol ou em cima dos poderosos rochedos. Nosso barco de carga preto, todo arranhado, pronto para transportar as pedras, já se encontrava na entrada do porto de

Hirtshafen, preso por duas âncoras, carregado até a altura do convés com pedras cobertas de lama e algas que havíamos juntado para alargar o quebra-mar e consertar o molhe, destruído em vários lugares pelas tempestades de inverno. Um vento moderado de nordeste prometia um verão de tempo confiável.

Obedecendo a um gesto do meu pai, Frederik, o ajudante, girou o pau de carga, abaixou o braço e posicionou as garras de metal de tal modo sobre uma das rochas que ela ficasse bem presa, e quando o molinete foi ligado e o colosso foi içado do porão de carga aos solavancos e pairou sobre a borda do barco, balançando ligeiramente, os espectadores olharam para nós, fascinados, um deles levantou a câmera. Mais uma vez, meu pai deu um sinal, as garras do braço de metal se entreabriram, largando o colosso, e no lugar onde ele caiu a água espirrou, as ondas subiram com um estrondo, ondas que só se desfizeram lentamente.

Eu peguei a máscara, entrei na água para avaliar a situação das pedras, mas precisei esperar a poeira de lama e areia assentar na ligeira correnteza para só então constatar que aquela pedra grande estava bem colocada. Repousava atravessada sobre outras pedras; entre elas, porém, havia frestas e fendas, como se tivessem sido calculadas para fazer vazar a água da correnteza. Consegui tranquilizar meu pai, respondendo ao seu olhar inquiridor: tudo estava no lugar, da forma que demandava o quebra-mar. Subi a bordo e Frederik estendeu-me seu maço de cigarros e me ofereceu fogo.

Antes de baixar novamente o braço metálico em direção às pedras, ele chamou minha atenção para as pessoas que nos assistiam: "Olha, Christian, aquela moça de maiô verde com a bolsa de praia, parece que ela está acenando para ti."

Eu a reconheci logo, aquele penteado, aquele rosto quadrado, era Stella Petersen, minha professora de inglês do liceu Lessing. "Você a conhece?", perguntou Frederik. "É minha professora de inglês", disse, ao que Frederik retrucou, incrédulo: "Essa aí? Parece mais ser uma aluna." "Não te iludes", disse eu, "ela é certamente alguns anos mais velha."

Naquele momento, Stella, eu te reconheci imediatamente, e também lembrei da nossa última conversa antes das férias de verão, da tua advertência, da tua tentativa de me estimular: "Se quiseres manter tua nota, Christian, precisa estudar mais, leia *The Adventures of Huck Finn* e leia *A revolução dos bichos*. Depois das férias de verão vamos trabalhar com estes títulos." Frederik perguntou se nós nos dávamos bem, minha professora e eu, e eu disse: "Poderia ser melhor."

Com que interesse ela observava Frederik enquanto este posicionava o braço de metal sobre um grande colosso negro, içando-o, deixando-o flutuar por um momento sobre o grande porão de carga, sem conseguir evitar, no entanto, que a pedra escorregasse por entre as garras de metal, batendo com tanta força no chão da embarcação, coberto por uma chapa de aço, que o barco estremeceu. Ela nos chamou, acenou, deu a entender por meio de gestos que queria subir a bordo. Eu empurrei a estreita ponte de madeira, ajeitei-a sobre o canto da borda e encontrei, ao pé do molhe, uma pedra chata sobre a qual a ponte se firmou. Sem hesitar, ela veio decidida ao nosso encontro, balançou a tábua algumas vezes, ou tentou fazê-lo, eu lhe estendi a mão e ajudei-a a vir a bordo. Meu pai não parecia especialmente contente com aquela convidada desconhecida, caminhou lentamente em sua direção, olhando para mim, curioso, com expectativa, e quando eu a apresentei a ele, "Minha professora, minha professora de inglês, Frau Petersen", ele falou: "Não tem muita coisa para se ver por aqui", e depois apertou-lhe a mão perguntando, com um sorriso: "Christian não te dá muito trabalho, eu espero." Antes de responder, ela olhou para mim de modo inquisitivo, como se quisesse ganhar um pouco mais de segurança para o seu veredito, mas logo disse num tom quase indiferente: "Christian se comporta direito." Meu pai assentiu apenas, não esperava outra coisa, e com sua costumeira curiosidade continuou perguntando; quis saber se ela viera para a festa da praia, a festa da praia de Hirtshafen atraía muita gente, mas Stella fez que não com a cabeça, contou que estava esperando os amigos chegarem de veleiro e que se juntaria a eles por esses dias em Hirtshafen.

"É um lugar maravilhoso", disse meu pai, "adorado por muitos velejadores."

A primeira embarcação que, naquele dia, passou pelo nosso quebra-mar alargado foi uma pequena traineira que voltava de alto-mar. Ela rumou certeira em direção à entrada do porto, o pescador desligou o motor e ancorou, e quando meu pai indagou qual era o resultado da pesca, ele apontou para as caixas rasas com bacalhau e cavala. Era um butim pobre, suficiente apenas para pagar o óleo diesel, alguns poucos linguados, poucas enguias. Para piorar, na altura da ilha dos Pássaros um torpedo caíra em sua rede, um torpedo disparado em treinamento, que fora entregue à guarda costeira. Ele olhou para nossa carga de pedras, depois para seus peixes, e com voz gentil disse: "No teu caso, Wilhelm, vale a pena, tu consegues pegar o que necessitas, pedras não se mexem, pedras são garantidas." Meu pai pediu alguns peixes, avisou que pagaria mais tarde; virando-se para Stella, disse: "Não se fazem negócios no mar, em um barco, é o costume." Depois que o pescador tirou seu sobretudo, meu pai pediu a Frederik para distribuir as canecas e servir o chá. Stella também recebeu uma caneca. Já o rum, que

Frederik quis servir com o chá, ela recusou; ele próprio se serviu tão generosamente que meu pai achou por bem adverti-lo.

Frederik içou lentamente as últimas pedras da nossa carga, inclinou tanto o braço de metal que a pedra se moveu rente à superfície da água, e lá, onde o quebra-mar estava subindo, ou deveria subir, ele o abaixou, não deixou a pedra cair dessa vez, mas conduziu-a para baixo, acenando, contente, quando a água se fechou por cima da rocha.

Tu, Stella, não conseguias desviar a atenção das rochas imensas, perguntavas por quanto tempo elas deviam ter repousado no fundo do mar, como conseguíamos encontrá-las, como as tirávamos lá de baixo, em algumas delas acreditavas enxergar seres eternizados pela petrificação. "É difícil encontrá-las?"

"O pescador de pedras sabe onde pode se abastecer", disse eu; "meu pai conhece campos inteiros de pedras e recifes artificiais formados há cem anos. O mapa que registra o solo mais fértil está todo em sua cabeça."

"Esses campos de pedras", disse Stella, "eu gostaria de conhecê-los."

Ela foi chamada, um dos garotos de Hirtshafen passara entre os espectadores e a chamou, e como ela aparentemente não compreendia o que ele queria dizer, ele pulou na água e alcançou o barco com algumas braçadas. Sem esforço, subiu pela escada de corda. Ignorando-nos, voltou-se logo para Stella e lhe passou o recado: telefone, haviam ligado para o hotel, voltariam a ligar, ela deveria estar lá para atender. E como a enfatizar a importância de sua missão, acrescentou: "Mandaram que eu viesse buscá-la."

Era Sven, o sempre bem-humorado Sven, um rapaz sardento, o melhor nadador que eu conhecia. Não me surpreendi quando ele apontou para o hotel, para a comprida ponte de madeira, propondo a Stella que voltasse com ele a nado, e não só isso: ele sugeriu que apostassem quem chegaria primeiro. Stella ficou tão contente que o abraçou, mas não quis aceitar a proposta. "Fica para a próxima", disse ela, "da próxima vez, com certeza." Sem perguntar nada, puxei nosso bote que estava amarrado no barco por uma longa corda, ela logo concordou em ser levada até o deque.

Depois dela, Sven também entrou no bote, sentou-se a seu lado e, com toda naturalidade, colocou um braço em volta do seu ombro. O motor externo funcionou normalmente; durante a travessia Stella mergulhou uma mão na água. Permitiu que Sven colhesse água com uma mão e a deixasse pingar em suas costas.

Não foi possível atracar na ponte, por toda parte havia pequenos barcos Optimist; a regata era um dos pontos altos da festa da praia. Rumamos até a areia, Sven saltou do barco e foi correndo até o hotel, com o zelo do mensageiro bem-sucedido.

Os garçons trouxeram cadeiras e mesas para o lado de fora, manobrando um carrinho com bebidas até um lugar sob um pinheiro devastado pelo vento. Fios elétricos com lâmpadas coloridas cruzavam o terreno arenoso de uma ponta a outra, amarrados em varas. Uma pequena elevação marcava o lugar para a banda de sopros. Homens idosos estavam sentados em cima de placas de sinalização náutica, à espera de serem pintadas. Conversavam pouco, observavam os preparativos para a festa da praia e pareciam estar relembrando festas passadas. Nenhum deles retribuiu minha saudação.

Como Stella não voltou, entrei no hotel.

Um homem uniformizado na entrada não sabia ou não quis informar nada além do fato de Frau Petersen ter atendido uma ligação e subido para o quarto. E que não queria ser incomodada.

Voltei sozinho até a embarcação, onde já me esperavam, e logo me mandaram descer para averiguar a situação das pedras. Não havia muito que corrigir. Só de vez em quando eu acertava a posição do braço giratório, sinalizando a Frederik para que direção deveria se mover e onde devia parar; só uma vez, quando vi um pedregulho desfocado bem acima de mim, nos dentes do braço, não dei sinal algum e tratei de escapar para um lugar seguro. Esta pedra não foi para o lugar previsto; em vez de ficar parada como uma tampa em cima do quebra-mar, como queria meu pai, escorregou para o lado, virou, não caiu no fundo, ficando presa entre duas pedras enegrecidas de tamanho parecido. Frederik e meu pai vistoriaram o resultado do seu trabalho, e quando um deles apontou para a praia, perguntando: "O que achas?", o outro disse: "Não vai ser como daquela outra vez." Era uma alusão à festa de cinco anos atrás, quando uma escuridão inesperada tomou conta da praia e rajadas de vento vindas do mar roubaram a decoração e jogaram os barcos no porto contra o píer.

Com a ajuda do binóculo de Frederik, percorri o hotel e o restaurante da praia, não me surpreendi ao ver que já havia convidados sentados a algumas das mesas. Reconheci Stella, ainda de maiô, numa das janelas do prédio verde-claro do hotel. Estava telefonando, sentada no parapeito da janela. Falava ao telefone e olhava para nossa baía, mergulhada agora num silêncio noturno, povoada por pássaros marítimos que flutuavam na leve correnteza.

De repente, ela se levantou com um salto, deu alguns passos para dentro do quarto, eram passos de protesto, de decepção, depois voltou para o mesmo lugar, e vi que ela mantinha o fone longe do ouvido, como se não quisesse mais escutar, como se quisesse se poupar de ouvir o que a forçavam a ouvir. De repente, largou o fone, permaneceu um instante sentada, pensativa, pegou um livro e tentou ler. Ao te ver assim, sentada e lendo, Stella, lembrei de um daqueles vitrais que convidam o observador a ignorar aquilo que é mostrado e a se voltar apenas para imaginações.

Foquei tua imagem no binóculo até Frederik me cutucar e repetir o que meu pai dissera baixinho: por hoje, chega.

Com certeza não estava programado que Herr Kugler falasse naquele culto comemorativo, mas de repente ele estava no pódio, curvou-se diante da foto de Stella e olhou longamente para ela, como se quisesse chamá-la para a realidade. Ele limpou o rosto com um lenço branco, engoliu em seco e se voltou para ti com um gesto de desamparo. "Por que, Stella?", perguntou. "Por que isso precisou acontecer?" Não fiquei surpreso com a intimidade demonstrada, com a pergunta consternada: "Não tinha outra trajetória para ti?" Nem nosso diretor, nem os professores presentes se mostraram surpresos com essa inesperada intimidade, seus rostos conservaram aquele olhar perdido de tristeza.

Automaticamente lembrei-me da nossa festa da praia, da banda de três homens que tentavam entoar melodias alegres e animadas, e vi os moradores de Hirtshafen que chegavam, hesitantes, até sua festa da praia, curiosos por saber como a festa iria se desenrolar.

Eles chegavam atravessando o pequeno parque, caminhavam pela margem arenosa, preocupados, antes de mais nada, em saber quem viera e quem estava faltando, e depois de cumprimentos desajeitados iam até as mesas vazias e chamavam os garçons. Pediam cerveja, suco de maçã, e na mesa dos três rapazes de camiseta de marinheiro, aguardente. Achei um lugar ao lado de um velho que olhava, quase dormindo, para seu copo de cerveja em que a espuma morria lentamente. Ele ficou contente em saber que eu era filho de Wilhelm, o pescador de pedras – mas não estava interessado em saber mais do que isso. De repente, senti uma mão nas minhas costas, escutei um riso contido, a mão não interrompeu as suaves carícias, como se quisesse descobrir quando seria flagrada. Rápido, virei-me e agarrei a mão de Sonja, filha dos nossos vizinhos. Ela tentou se desvencilhar, mas eu a segurei e a acalmei elogiando seu vestido, estampado com um desenho de joaninhas em pleno voo e a pequena coroa de margaridas em seus cabelos. "Vais dançar, Christian?", perguntou ela. "Talvez", disse. "Comigo também?" "Com quem mais?", disse eu. Ela me confidenciou que seu pai chegaria com o tridente, fazendo as pessoas acreditarem que era um deus das águas.

Quando Stella despontou na entrada do hotel e veio descendo lentamente os poucos degraus até o restaurante da praia, a conversa emudeceu em algumas das mesas, as camisetas de marinheiro, como se puxadas por uma corda, viraram a cabeça, e, como se Stella tivesse dado a deixa, a banda tocou "La Paloma". Nem precisei acenar, ela logo veio em nossa direção, busquei uma cadeira e deixei que ela própria se apresentasse a Sonja.

Sonja apenas bebericava seu suco; quando uma fogueira foi acesa lá embaixo, na praia, alimentada com madeira por alguns de seus amigos – madeira ainda verde, que estalava e de vez em quando produzia um fogaréu de faíscas –, ela não se conteve mais, sentiu-se impelida a descer até a fogueira; tinha que catar galhos e gravetos. "Tua vizinha?", perguntou Stella. "Minha pequena vizinha", disse eu, "nossos pais trabalham juntos, ambos são pescadores de pedras." Lembrei-me que Stella manifestara o desejo de conhecer os campos de pedras submersos e perguntei a ela quando sairíamos juntos. "A qualquer hora", respondeu. Combinamos de ir no domingo seguinte.

As lâmpadas apagaram, voltaram a brilhar, apagaram novamente e depois de um instante jogaram luz sobre o local destinado à pista de dança. Esse jogo de luz era o sinal, um incentivo para que experimentassem a pista recém-aplainada. Mal surgiram os primeiros dois casais, dois braços magros me agarraram e Sonja sussurrou próximo do meu rosto: "Vamos, Christian, tu me prometeste." Como ela era leve, jeitosa, e como se esforçava, saltitante, em acompanhar meus passos! Seu rostinho estava sério. Toda vez que passávamos dançando pela nossa mesa ela acenava para Stella, e Stella acompanhava nossa dança com olhar de aprovação. Num dado momento, Sonja se recusou a ir até a nossa mesa comigo, permaneceu sozinha na pista e ficou dançando sozinha, tão solta, tão absorta que algumas das camisetas de marinheiro que vieram da escola de navegação da ilha vizinha aplaudiram. Mas aparentemente ela estava insatisfeita consigo própria ou achava que ainda tinha que aprender conosco, pois, quando dancei com Stella, ela se acocorou e ficou nos observando atentamente, parecia estar contando nossos passos, tentando memorizar nossos movimentos; de vez em quando, levantava e imitava um movimento, uma separação, um reencontro. Esperou, esperou que eu terminasse de dançar com Stella, de vez em quando sinalizava sua impaciência, batendo no chão com a mão espalmada ou escrevendo alguma coisa no ar, uma linha de corte. Nós, Stella e eu, não nos separamos; só quando reparamos que Sonja estava soluçando pegamos sua mão e a conduzimos para nossa mesa, onde Stella a pôs no colo e a consolou com a promessa de também dançar com ela mais tarde.

A banda parou e, obedecendo a um comando, as camisetas de marinheiro se levantaram e formaram uma fila na pista de dança, obedecendo a um apito de capitão.

Um deles desenrolou uma corda de maneira a que todos a segurassem. Durante um instante, permaneceram imóveis, depois se curvaram, inclinaram-se em direção uns aos outros, suas pernas deram um passo como se estivessem reunindo todas as suas forças para levantar um peso enorme. Só quando começaram a cantar deu para entender que era apenas um jogo, um canto escuro, rítmico, que parecia impulsionar alguma coisa, fundindo as forças de todos, direcionando-as, fazendo pensar involuntariamente que eles mostravam como se içava uma vela, uma vela grande e pesada. Depois dessa introdução, fingiram estar esgotados, agruparam-se em círculo e cantaram duas conhecidas canções de marinheiro, e nossa gente de Hirtshafen os acompanhou nesse canto. Os garçons lhes serviram cerveja, oferecida por algum anônimo.

Como em todas as nossas outras festas de praia, desta vez também apareceu o deus local das águas, conhecido por homem das cracas. O pai de Sonja emergiu das águas, com seu garfo para pegar enguias, a camisa e a calça molhadas grudadas no corpo, o ombro coroado de sargaços. Foi recebido com aplausos e com pretenso respeito. Quando batia no chão com seu tridente, que portava como se fosse um cetro, as crianças se escondiam atrás dos pais. Proferindo sons guturais, olhava para o público, taciturno, e eu sabia: era o momento de procurá-la, a moça que ele designaria para ser a sereia, e então ele foi de mesa em mesa, com seu jeito de caminhar arrastado, sorrindo, acariciando, examinando, lamentando-se com uma reverência quando não escolhia esta ou aquela moça. Primeiro, passou direto pela nossa mesa, mas se virou subitamente na pista de dança, olhou, bateu na testa, voltou apressadamente e se inclinou diante de Stella. Ofereceu-lhe o braço. Conduziu-a até a pista de dança, como se quisesse exibi-la ao público, ou justificar sua escolha. E tu, Stella, participaste do jogo, animada: quando ele enlaçou tua cintura e te girou, quando tirou um pouco de sargaço do ombro para te enfeitar, quando puxou tua cabeça e te beijou na testa – em todos esses momentos demonstraste um divertido consentimento. Só quando ele quis te conduzir da praia ao mar tu te enrijeceste e te voltaste animada para Sonja, que veio correndo em tua direção e te abraçou.

Sonja puxou Stella para nossa mesa, e depois que eu pedi Coca-Cola e Cuba Libre, perguntou aquilo que, pelo jeito, precisava saber: se Stella era casada e por que o marido não estava presente, se realmente era professora – Christian lhe contara isso enquanto dançavam – e se era rígida; finalmente também quis saber o que Stella achava das pessoas de Hirtshafen. Stella respondeu pacientemente, mesmo quando indagada se eu iria passar de ano. Ela disse: "Christian consegue quando se esforça, consegue muita coisa." Quando Sonja disse, em seguida:

"Christian é meu amigo", Stella acariciou seus cabelos com uma suavidade que me comoveu.

Quando a banda tentou tocar "Spanish Eyes", algumas das camisetas de marinheiro também criaram coragem para enfrentar a pista de dança, e um rapaz louro, forte, que até então só colhera recusas nas outras mesas, insinuou uma reverência e convidou Stella. Estava cambaleante, precisou se apoiar na mesa. Stella fez que não com a cabeça e disse, baixinho: "Hoje, não", ao que o rapaz se endireitou e a fitou com olhos apertados. Seus lábios tremiam, incrível com que rapidez seu rosto adquiriu uma expressão de hostilidade. Então, ele disse: "Não conosco, não é?" Fiz menção de levantar, mas ele me pressionou, apoiando a sua mão pesada no meu ombro. Olhei para seus pés, descalços, estava prestes a levantar meu pé quando Stella saltou da cadeira, apontando com o braço estendido para os companheiros dele. "Vai, estão te esperando", e o rapaz hesitou, bufou e saiu trotando com um gesto de desprezo. Stella voltou a se sentar e tomou um gole, o copo tremeu em sua mão, ela sorriu, parecia surpresa com a eficácia de sua repreensão, quem sabe divertia-se com sua encenação bem-sucedida. De repente, no entanto, levantou-se, despediu-se de Sonja com uma carícia fugaz e foi até a entrada do hotel, certa de que eu a seguiria. Na recepção, pediu a chave do quarto. Não explicou nada. Tu apenas disseste: "Estou ansiosa por domingo, Christian."

* * *

Os dois rapazes que chegaram atrasados para o auditório tinham certamente vindo de condução, talvez tivessem perdido seu ônibus, talvez a condução estivesse atrasada. De repente estavam ali, na entrada, dois alunos loiros de camisas recém-lavadas, cada um segurando um buquê de flores. Com quanto respeito eles avançavam! Quando deparavam com um olhar de repreensão, punham um dedo nos lábios ou se desculpavam com um gesto acalentador. Um deles era Ole Niehus, ganhador da regata Optimist em nossa festa da praia. Ole, aquele gordo simpático, que praticamente ninguém imaginou que fosse o vencedor. Eles pousaram os buquês diante da fotografia de Stella, insinuaram uma reverência e, voltando de costas, misturaram-se aos integrantes do coro escolar, Ole visivelmente tão satisfeito como se tivesse ganhado mais um prêmio.

Quando ele entrou no barco, parecia que nem chegaria à linha de partida; sua embarcação, feita de madeira de caixas, balançava, inclinava-se para o lado, quase se enchendo de água. Ao contrário dos outros jovens velejadores, Ole teve dificuldade para sair da ponte de madeira onde todos tinham amarrado seus barcos. No dia da regata, o tempo já tinha melhorado. Nosso *Katarina*, aquele velho barco de excursões, que meu pai me deixava navegar, já estava pronta, o júri – três homens de branco, cada um com um binóculo pendurado no peito – veio a bordo, e antes de partirmos Stella apareceu na ponte, Stella em sua bata de praia por cima do maiô verde. Fingindo formalidade, ela me pediu permissão para observar a regata no nosso *Katarina*, eu a ajudei a se ajeitar no assento alto atrás do manche. Amarela, marrom e preta, preta como piratas: assim, nossa armada foi até a linha de partida, sacudida pelo vento, desafiando os pequenos velejadores. Um dos integrantes do júri atirou para o alto um fogo de artifício, que se dissolveu antes de cair na água, aves marítimas ruidosas voaram, deram algumas voltas no ar antes de voltar para a água, ainda ruidosas. Rajadas repentinas pressionaram as velas, não foi fácil manter o rumo até as boias, de vez em quando as velas batiam com tanta força que o estalo ecoava pela água.

Não, aquilo não era uma flutuação regular e harmônica, não era um campeonato silencioso. O vento parecia favorecer de maneira desigual os barcos; para um deles, o fim chegou já na primeira boia; Georg Bisanz, o aluno predileto de Stella, calculou mal a manobra, bateu contra a boia, fazendo a vela bater, o mastro cair e o barco, que parecia um tanque, virar – não de maneira dramática, mas de um jeito estranhamente calmo e objetivo.

Georg apareceu por baixo da vela, deitada na superfície da água, agarrou o mastro, tentou reerguer a vela, fazendo um contrapeso contra o barco, mas não conseguiu. Eu manobrei o *Katarina* até o local do acidente; Stella pousou sua mão sobre a minha, que segurava o manche, como se quisesse demonstrar apoio, e, inclinada sobre mim, me dizia: "Chega mais perto, Christian, precisamos chegar mais perto." Georg desistiu de tentar reerguer a vela, submergiu por um instante, reapareceu e jogou ambos os braços para o alto; um homem do júri tirou uma das boias vermelhas e brancas do apoio e a atirou para Georg, a boia caiu sobre a vela e ficou parada ali. Na tentativa de alcançá-la, Georg caiu por baixo da vela. Nosso *Katarina* balançava levemente com o motor desligado, os homens do júri fizeram várias sugestões, Stella decidiu agir. Tiraste tua bata, pegaste a corda do tambor na popa e me estendeste a outra ponta. "Vamos, Christian, me amarra." Ela ficou em pé, na minha frente, de braços abertos, olhando para mim com ar de comando, eu passei a corda pela sua cintura, enlacei seu corpo firmemente, Stella pôs as duas mãos nos meus ombros, senti-me tentado a abraçá-la, imaginei que ela estivesse esperando por isso, quando um dos homens do júri gritou: "Vamos, para a escada de quebra-peito, vamos." Eu te conduzi, de mãos dadas, até a escada de quebra-peito, de onde entraste na água rapidamente, submergiste uma vez e, enquanto eu dava corda, te aproximaste de Georg com braçadas fortes. Como ela se livrou dele, decidida, quando ele se ergueu e a agarrou, agarrou-a com os dois braços, Georg parecia querer puxá-la para baixo da vela, mas dois golpes no pescoço e na garganta foram suficientes para que ele a soltasse. Stella o agarrou pelo colarinho, deu-me um sinal e eu puxei a corda, puxei firmemente, constantemente, trazendo-os tão perto da escada de quebra-peito que conseguimos puxar Georg para dentro do barco. Stella voltou até o barco dele e passou a corda por um banco, com suficiente firmeza para poder rebocá-lo.

O apresentador do campeonato – em Hirtshafen, todos conheciam aquele homem barbudo, dono da maior loja de equipamentos náuticos de toda a costa – elogiou Stella e a maneira como salvara Georg.

Cresceu a agitação entre os alunos menores que se acotovelavam junto à janela. Herr Pienappel, nosso professor de música, posicionou-se diante do coro de alunos, mas voltou, obedecendo a um sinal de Herr Block. Herr Block deixou sua cabeça pender para o lado, cerrou os olhos por um instante, depois passeou o olhar pelos alunos reunidos e solicitou com voz calma que todos lembrassem, juntos, da nossa Frau Petersen, que não deveria ser esquecida. De cabeça baixa, olhou fixamente para tua fotografia, Stella, a maior parte de nós também baixou a cabeça, nunca antes havia reinado em nosso auditório tal silêncio, que contagiou a todos. Nesse silêncio, no entanto, escutei o ruído do remo.

Como o motor não quis mais funcionar de jeito nenhum, pegamos nosso bote para remar até o campo de pedras submarino; Stella insistiu em remar. Com quanta regularidade ela remava; descalça, apoiada no chão do barco, as coxas lisas ligeiramente bronzeadas pelo sol! Eu a guiei em torno da ilha dos Pássaros, surpreso com sua pertinácia, admirei-a enquanto ela se deitava para trás e movimentava os remos; logo atrás da ilha dos Pássaros uma rajada de vento nos pegou de surpresa, ela reagiu com habilidade, mas não conseguiu evitar que o pequeno bote fosse jogado para trás, contra a praia, até ficar preso num emaranhado de raízes.

Não conseguimos nos libertar. Mesmo depois de tentar usar o remo, não conseguimos nos libertar. Foi preciso saltar. A água batia nos joelhos e assim fomos andando até a praia. Ela riu, nosso infortúnio parecia diverti-la. Estavas sempre pronta para rir, até na escola, durante a aula, certos erros a divertiam, ela os analisava e nos fazia ver como um erro de tradução pode gerar consequências divertidas ou complicadas. O vento se intensificou, começou a chover. "E agora, Christian?", perguntou ela. "Outro dia", disse ela, "vamos deixar para ir até as pedras num outro dia."

Eu já conhecia a cabana coberta de junco e com telhado de zinco do velho observador de pássaros que, às vezes, passava ali o verão. A porta estava despencando, no fogão de ferro havia uma panela e uma caneca de alumínio, uma espreguiçadeira estava coberta com um colchão de algas marinhas. Stella acomodou-se na espreguiçadeira, acendeu um cigarro e examinou o interior da cabana, a mesa toda cortada a canivete, as botas de borracha remendadas e penduradas na parede. Ela disse: "Vão nos achar aqui, não vão?" "Claro", respondi, "eles vão nos procurar, vão descobrir o barquinho e nos conduzir de volta, com o *Katarina*." A chuva aumentou, batia com força no telhado de zinco, juntei alguns pedaços de madeira e acendi o fogão, Stella cantarolou baixinho, cantarolou uma melodia que eu não conhecia, para si própria, involuntariamente, pelo menos não para que eu ouvisse. Raios rasgavam o céu sobre o mar, ainda longe de nós, toda hora eu olhava de relance para fora, na esperança de descobrir as luzes do *Katarina*, mas nada se mexia na escuridão sobre a água. Peguei um pouco de água de chuva acumulada num tonel diante da cabana, pus a velha chaleira no fogão e adicionei o chá de camomila que encontrei no armário. Antes de levar a caneca de alumínio para Stella, tomei alguns goles. Tu recebeste a caneca com um sorriso, como estavas bela ao aproximar teu rosto do meu. Como não consegui pensar em coisa melhor, eu disse "*tea for two*", e tu retrucaste, com aquela condescendência que eu já conhecia, "Ora, Christian".

Stella me ofereceu um cigarro e bateu com a mão na borda da espreguiçadeira, convidando-me a sentar. Sentei-me a seu lado. Pousei a mão em seu ombro e senti a necessidade de lhe dizer alguma coisa; ao mesmo tempo tive um único desejo, o de fazer durar aquele toque, e esse desejo me impediu de lhe confiar o que sentia. Mas então me lembrei do livro que ela me recomendara para as férias de verão e não achei nada demais em mencionar *A revolução dos bichos* e lhe perguntar por que escolhera justo aquele título. "Ora, Christian", repetiu, e, com um sorriso condescendente: "Seria bom que tu mesmo descobrisses." Eu já estava quase me desculpando pela minha pergunta, pois me dei conta de que, naquele momento, eu a transformara em minha professora, investindo-a daquela autoridade que tinha em sala de aula; ali, no entanto, minha pergunta tinha outro valor, e minha mão em seu ombro também tinha outro significado naquela situação, diferente do que em qualquer outro lugar; ali Stella podia perceber minha mão como uma mera tentativa de acalmá-la, de tranquilizá-la, e ela tolerou também quando minha mão passou suavemente por suas costas; de repente, no entanto, jogou a cabeça para trás e me olhou, surpresa, como se subitamente tivesse sentido ou descoberto algo com que não contara.

Tu recostaste tua cabeça em meu ombro, não ousei mais me mexer, entreguei-te a minha mão e apenas senti como a levaste até o rosto e a deixaste ali por um momento. Como era diferente a voz de Stella quando ela se levantou de repente e saiu até a praia, onde tentou virar nosso bote emborcado para o lado, sem sucesso, e depois de parar brevemente para refletir pegou a lata que sempre esteve ali e começou a tirar a água de dentro dele. Ela trabalhou com tanto afinco que não notou as luzes que se aproximavam da praia, a luz de popa do nosso *Katarina*. Não era meu pai que estava no leme, era Frederik. Aproximou o *Katarina* da praia, de maneira que pudemos ir caminhando até lá. Ele nos ajudou a subir a bordo. Não falou nada; só quando coloquei meu casaco no ombro de Stella, ele observou: "Isso vai ajudar."

Nenhuma repreensão, nenhum sinal de alívio por ter nos encontrado, mudo, ele acatou o pedido de Stella de levá-la até a ponte do hotel Seeblick. A mim, nem mesmo perguntou para onde eu queria ir, se para casa ou também para a ponte.

Stella não me convidou a acompanhá-la, simplesmente pressupôs que eu fosse com ela, o mesmo aconteceu já no hotel, onde não havia ninguém na recepção. Sem hesitar, pegou a chave do quadro quase vazio, fez um sinal para mim com a cabeça e foi andando na minha frente até a escada e pelo corredor até seu quarto, que dava para o mar.

Eu me sentei à janela e observei o crepúsculo, enquanto ela trocou de roupa no banheiro e sintonizou o rádio.

Cantarolando, acompanhou Ray Charles. Quando voltou, trajava um pulôver azul leve de gola rulê, passou a mão em minha cabeça e se inclinou em minha direção, tentando fisgar meu olhar. Não dava mais para ver nosso *Katarina*. Tu disseste: "O barco deve estar a caminho de casa." E eu: "Daqui até lá não é muito longe." "E na tua casa?", perguntou, preocupada, "não vão sentir tua falta lá?" "Frederik vai contar a eles o que querem saber", disse eu. "Frederik trabalha para meu pai." Ela sorriu, provavelmente sentiu que sua preocupação era despropositada ou até mesmo ofensiva por me lembrar da minha idade, deu-me um beijo rápido na face e me ofereceu um cigarro. Eu elogiei seu quarto e ela concordou com os elogios, apenas achava que a colcha era muito pesada, dava-lhe a sensação de respirar mal à noite. Ela levantou a colcha, e uma brasa caiu no lençol, ela soltou um pequeno grito de susto e cobriu o local com a mão espalmada. *"My God"*, sussurrou ela, *"oh, my God."* Ela apontou para o pequeno furo enegrecido e, como repetiu a autoacusação, eu a abracei e a apertei contra mim. Ela não se surpreendeu, não se retesou, havia uma expressão sonhadora em seus olhos muito claros, talvez fosse apenas cansaço, tu inclinaste teu rosto em minha direção, Stella, e eu te beijei. Senti sua respiração, a respiração ligeiramente acelerada, senti o toque do seu peito, tornei a beijá-la, e agora ela se libertou do meu abraço e andou até a cama, sem dizer nenhuma palavra. Ela não quis que sua cabeça ficasse no meio do travesseiro, era um travesseiro largo, florido, suficientemente grande para duas pessoas; com um movimento autoritário ela se jogou e deixou a metade do travesseiro livre ou a liberou para mim, sem um sinal, sem uma palavra, seja como for, o travesseiro me apontou uma expectativa evidente.

Era visível no rosto das pessoas no auditório como um silêncio sugerido ou imposto pode ser percebido de diferentes maneiras. A maioria dos alunos, depois de algum tempo, procurou contato visual com seus vizinhos, outros mexiam os pés, um menino ficava observando seu próprio rosto num espelhinho de bolso, um outro conseguira aparentemente dormir em pé, outro olhava fixamente para o relógio de pulso. Quanto mais durava o silêncio, mais evidente ficava que, para alguns, era uma missão dura a de aguentar esse tempo e absolvê-lo sem consequências. Olhei para tua foto, Stella, imaginei como tu irias reagir a esse silêncio sugerido, se pudesses.

Nossos rostos não deixaram uma marca dupla no travesseiro, uma vez que eles se aproximaram, aproximaram-se tanto que restou apenas uma grande marca. Stella ainda dormia quando me levantei, ao menos acreditei que estivesse dormindo, cuidadosamente peguei seu braço que repousava em meu peito e o coloquei sobre a colcha; ela gemeu, levantou um pouco a cabeça e piscou os olhos, sorrindo, como se quisesse perguntar alguma coisa, e eu disse: "Preciso ir agora." Ela perguntou: "Que horas são?" Eu não sabia, apenas disse: "Está clareando, devem estar me esperando lá em casa." Parei na porta, achei que alguma coisa devia ser dita à guisa de despedida ou relacionada ao que estava diante de nós, na escola, em nosso cotidiano, mas não o fiz, porque quis evitar dizer algo de definitivo ou algo que Stella pudesse interpretar como sendo definitivo. Eu não queria que algo que começara assim tão de repente e que demandava a eternidade terminasse. Quando abri a porta, ela saltou da cama, veio até mim descalça, abraçou-me e me prendeu em seu abraço. "Nós vamos nos rever logo, logo", eu disse. Ela silenciou, e eu repeti: "Precisamos nos rever, Stella." Foi a primeira vez que a chamei pelo prenome, ela não pareceu surpresa, aceitou aquilo com naturalidade e, como se para me mostrar sua concordância, disse "não sei, não, Christian, tu também precisas imaginar o que é melhor para nós". "Mas nós podemos nos encontrar de novo." "Isso vai acontecer de um jeito ou de outro", disse ela, "mas não pode mais ser como antes." Tive um ímpeto de dizer: eu te amo, Stella! Mas não o disse, pois naquele momento lembrei-me de um filme com Richard Burton, que, ao se despedir de Liz Taylor, empregava aquelas mesmas palavras tão conhecidas, eu acariciei sua face e, pela expressão do seu rosto, descobri que ela não estava disposta ou apta a aceitar minha sugestão. Abotoei minha camisa, joguei o casaco que Stella pusera numa cadeira nos ombros e disse – e já no corredor me dei conta de como era pobre minha frase de despedida – "Mas eu posso bater na tua porta, não posso?"

Não saí andando, saí saltando os degraus, uma sensação até então desconhecida me preencheu, agora havia alguém na recepção, dei um "bom-dia" talvez um pouco animado demais ao homem que me olhou, surpreso, e que ficou me observando, pensativo, enquanto eu ia até a praia. Uma traineira estava saindo com aquele ruído surdo do motor a diesel, cercada de gaivotas, o mar estava tranquilo. Fui até o lugar onde ficavam os sinais náuticos à espera de serem desenferrujados e pintados, sentei-me e olhei para trás, para o hotel, e logo vi Stella na janela de seu quarto. Ela acenou, seu gesto parecia cansado, ela abriu os braços, como se quisesse me pegar, depois desapareceu, provavelmente estava sendo chamada na porta.

Gernot Balzer, meu colega de turma, nosso ás em ginástica, me cutucou e chamou minha atenção para Herr Kugler, que já não soluçava mais, mas esfregava o pescoço e a nuca com um lenço azul e vermelho. O professor de arte mais desatento que jamais existiu numa escola observou seu lenço tão exaustivamente como se houvesse qualquer coisa a descobrir nele. Gernot cochichou em meu ouvido: "Eu vi os dois, ele e Frau Petersen", e, cochichando, contou-me o que vira na praia, sob os três pinheiros. Ambos ficaram ali deitados, em trajes de banho, lendo; Gernot achava que ele leu para ela em voz alta, tenho certeza de que era um capítulo do livro sobre Kokoschka que ele estava escrevendo; ele já nos tinha apresentado alguns trechos. Para o artista, ver significa tomar posse. Por mais que fosse desatento na escola, ele educava seus quatro filhos conscienciosamente. Certa vez eu vira Kugler, que era viúvo, no refeitório do Seeblick, mal estavam sentados à mesa, ele pediu bolinhos de peixe e suco de maçã para todos, ao mesmo tempo papel e lápis de cor, que sempre havia ali para os filhos de turistas impacientes, e antes que começassem a comer, mandou que desenhassem um vaso, não de lado, mas visto de cima, a parte onde há a abertura. Não conseguia imaginar que ele alguma vez também pudesse ter dividido um travesseiro com Stella.

Quem sabe o que ele imaginava de mim, o que pretendia, quando certo domingo de manhã apareceu lá em casa; eu tinha limpado o barco e estava no galpão para verificar as cordas quando escutei sua voz. Ele conversava com meu pai que, por sua vez, não respondia exatamente com gentileza às suas perguntas e provavelmente apenas falava porque Herr Kugler se apresentara como meu professor. Herr Kugler observara que as pedras que havíamos deixado entre o galpão e a praia lembravam seres estranhos – e o que ele via nelas atestava sua grande imaginação: um girino, um pinguim, um monstro, até mesmo um buda. Meu pai o escutava serenamente, rindo às vezes, provavelmente pensando outro tanto com os seus botões.

Herr Kugler não se surpreendeu quando me viu saindo do galpão; como ele disse, era apenas uma visita de cortesia, mas o jeito como ele me fitava, aquele exame frio e calculado, me deixou com dúvidas.

Quanto mais tempo olhava para tua foto, Stella, mais misteriosamente ela parecia ganhar vida; por vezes, achei que estavas piscando para mim numa comunicação sem palavras, assim como eu esperava fosse acontecer na primeira aula de inglês depois das férias de verão. Sim, Stella, eu esperava que nos comunicássemos em sala de aula de maneira secreta, imperceptível: quando entraste na sala e nós nos levantamos, provavelmente ninguém estava tão tenso quanto eu. *"Good morning, Mrs. Petersen."* Eu estava inquieto. Stella trajava uma blusa branca e uma saia escocesa quadriculada; como de costume, usava também a correntinha fina dourada, com um cavalo-marinho dourado. Busquei seu olhar, mas ela me ignorou, quase me puniu com sua indiferença. Não me surpreendeu que, logo no início da aula, ela nos tenha encorajado a contar onde havíamos passado nossas férias e o que mais chamara nossa atenção – ela fizera a mesma coisa no ano anterior. *"Try to express yourselves in English."* Como ninguém se prontificou, ela chamou Georg Bisanz, seu aluno predileto, que estava pronto a dar informações sobre as férias de verão, falou da flotilha de barcos Optimist, que saiu da ponte para ganhar o campeonato de Hirtshafen, e mencionou seu *"accident"*. Stella sugeriu que se falasse de *"misfortune"*. Enquanto Georg ainda falava, eu procurei palavras com as quais poderia descrever meu principal acontecimento das férias, mas não fui chamado a falar, Stella não disse *"But now we want to listen to Christian"*. Deu-se por satisfeita com o relato de Georg, quis saber o que havíamos descoberto sobre a vida de George Orwell, com cujo romance *A revolução dos bichos* nós passaríamos a trabalhar. Eu estava decidido a não pedir a palavra, olhei para suas pernas, senti mais uma vez seu corpo esguio, que se deitou a meu lado e que eu abraçara, não consegui esquecer o que acontecera, a lembrança que dividíamos exigia ser confirmada por meio de um gesto, um olhar – assim tão perto dela, senti necessidade de não permanecer a sós com minha lembrança. Ela não pareceu muito surpresa quando levantei meu braço e ela disse "Sim, Christian?", e eu contei o que descobrira sobre o autor: seu tempo de serviço como policial em Burma, seu pedido de demissão em protesto contra certos métodos do governo, os anos miseráveis em Londres e em Paris. Ao escutar minhas informações recém-adquiridas, havia um estranho brilho em seus olhos, um brilho de reconhecimento ou da lembrança involuntária, não era apenas elogio, mas também concordância que eu acreditei perceber, e quando ela veio andando em minha direção, ficou em pé diante da minha carteira, esperei que ela colocasse a mão em meu ombro – sua mão em meu ombro –, mas ela não o fez, não ousou me tocar. Eu, porém, imaginei que ela o fizesse, e imaginei ainda que eu me levantava e a beijava, para espanto da turma; talvez não apenas espanto da turma inteira, era possível que alguns daqueles rapazes, dos quais eu sabia que tinham uma namorada, reagissem com risos ou até aplausos; era bom estar preparado para reações estranhas dos meus colegas.

Depois da aula, no corredor, também passaste por mim sem erguer o olhar, acredito até ter percebido tua irritação com minha tentativa de me fazer perceber ao dar um passo à frente, saindo do círculo dos meus colegas. No pátio da escola – talvez ela tivesse sido incumbida com a inspeção do intervalo –, ficou sentada sozinha no banco verde, meditava, de qualquer forma desinteressada no jogo de pega-pega dos pequenos, nas intermináveis brigas.

Antes de o nosso coro escolar voltar a cantar, um realejo começou na rua, os alunos pequenos próximos à janela aberta logo olharam para o músico e seu instrumento, eles se aglomeraram, se cutucaram, alguns acenaram para o homem que tocava uma melodia conhecida, "Muss i denn, muss i denn zum Städtele hinaus". Herr Kugler acenou para mim com a cabeça, eu o segui até o corredor e desci a escada com ele; o homem com o realejo estava sob uma castanheira, era um homem baixinho com olhos avermelhados. Ele não conseguia entender que Herr Kugler lhe pedia para seguir com seu instrumento até uma ruazinha lateral que levava até o rio; e mesmo quando Herr Kugler avisou que estava atrapalhando um culto com suas melodias, ele não quis sair, disse que tinha um programa misto, para todos os momentos, inclusive belas peças tristes. Herr Kugler ignorou esse argumento, dizendo: "Por favor, some daqui", colocou uma moeda de dois marcos na pequena bacia de lata em cima do instrumento. O homem sequer agradeceu, movimentou-se preguiçosamente até o muro baixo que circundava nosso pátio escolar, sentou-se e fumou um cigarro.

Eu lancei a primeira moeda na excursão "Ao redor da ilha dos Pássaros", estava conduzindo nosso *Katarina*, a bordo havia hóspedes do Seeblick e alguns moleques do bando de Hirtshafen, descalços, apenas de calção de banho. Ela também estava a bordo, Stella, displicente e bela, sentada no banco da popa. Quando entrou, apenas nos cumprimentamos com um rápido toque de mãos. Sonja estava sentada a seu lado e olhava para ela com admiração, mexendo na corrente de ouro de Stella. Não precisei puxar as cordas, os meninos que tinham pedido para nos acompanhar já estavam a postos e revelaram sua habilidade quando, a um sinal meu, as largaram. O mormaço já tinha desaparecido, havia um brilho fraco sobre o mar, e no ponto onde o sol alcançava o fundo arenoso, ondulado por causa do movimento de ondas passadas, havia um brilho marrom-dourado. Nós fizemos a curva e alguns dos passageiros mais velhos acenaram para a praia, acenaram para os garçons do hotel e os clientes do restaurante. Sonja ficou olhando para o rastro que a popa deixava no mar. Quando sugeri que assumisse o leme, Stella concordou, me dava prazer estar a seu lado no estrado e, como se para corrigir nosso rumo, agarrei o leme e, assim, coloquei minha mão sobre sua mão e senti como ela revidou minha leve pressão. Baixinho, falando só para mim, disse: *"As you see, Christian, capitain by learning."* O que ainda não sabia, assim ela disse, aprenderia nos próximos dias, quando seus amigos a levariam a bordo de seu veleiro por alguns dias.

Circundamos a ilha dos Pássaros, eu imprimi velocidade, nosso barco agora flutuava rumo ao enorme recife de pedra que se estendia submerso até a profundeza e se perdia no escuro. Os veranistas pendiam para fora do barco, olhavam para baixo, ficavam especulando e contando aos outros sobre o que viam, e finalmente se voltaram em minha direção para fazer as perguntas de sempre. Não acreditaram que o recife tinha sido refeito artificialmente há alguns séculos, com os parcos meios disponíveis na época, quando tiraram os blocos erráticos e os ajeitaram artesanalmente, de forma a que não saíssem da água, mas que ficassem escondidos sob a superfície, uma armadilha para a quilha de um navio que se aproximasse sem cuidado. "Quem precisar de pedras", disse Stella, "pode se servir aqui." Passamos ao largo do recife e, quando o cabo arenoso apareceu, uma nuvem de pássaros aquáticos se levantou, encenando uma nuvem branca de vapor; eram principalmente gaivotas. Era uma revoada, uma gritaria, para alguns dos meninos no barco era o sinal pelo qual ansiavam: tínhamos chegado ao lugar que eles esperavam desde o início. Os meninos ficaram no parapeito, balançando os braços, as pernas. Todos olhavam para nós. O barco estava tranquilo. A água estava clara. Primeiro, peguei só uma moeda, e ainda antes de atingir o fundo alguns dos meninos saltaram e mergulharam, dando pernadas para chegar ao fundo, e, como todas as vezes, eu ficava fascinado com os volteios e os giros de seus corpos, os movimentos de dança. Os passageiros mais velhos também ficavam fascinados; alguns ficavam pendurados na amurada, observando os jovens mergulhadores que pareciam golfinhos brincalhões. Joguei duas moedas e encorajei os passageiros a procurar em seus bolsos e me imitar, alguns atiravam suas moedas bem longe, outros deixaram cair rente ao barco, na expectativa sobre qual dos meninos iria encontrá-la e pegá-la e se, depois de uma breve briga, iria ficar com ela. Essa queda de braço silenciosa, acompanhada pelas bolhas que subiam para a superfície, geralmente terminava com o vencedor colocando a moeda entre os dentes, remando para a superfície e voltando a bordo usando a curta escada de corda que eu pendurara lá. Pálidos e ofegantes, atiravam-se no assento mais próximo, só então os pequenos mergulhadores examinavam seu butim, sopesavam as moedas na mão, mostravam-nas aos outros. Eu nem vira que Sonja saltara com os meninos, avistei-a no fundo do mar, vi que ela tentava se defender contra um rival que a agarrava e tentava abrir sua mão à força. Eu estava pensando em tirar um gancho do suporte e afastar o rival de Sonja com o lado menos afiado quando Stella tirou a bata de praia, jogou-a para mim e mergulhou. Só algumas braçadas e ela alcançou os dois no fundo do mar, forçando-os a se afastar, pressionando sua mão espalmada no rosto do rapaz. Ela abraçou Sonja e a puxou até a escada de corda, mas logo voltou a mergulhar para recuperar a moeda que Sonja perdera. Olhares aprovadores dos passageiros a acompanhavam quando ela voltou a bordo e se sentou ao lado de Sonja, que respirava ofegante, se contorcia e mal demonstrou alegria pela moeda recuperada. Um rasgo de alegria iluminou seu rosto, porém, quando Stella a puxou para seu lado, acariciando sua face, colocando o seu pé ao lado do de Sonja, dizendo: "Está vendo, ambas temos pés de pato." Depois, Sonja a lembrou que todo passeio terminava com uma competição, os meninos já estavam prontos, e quando passamos a ponte do hotel, eu dei o comando e todos saltaram e nadaram até a praia, cada um num estilo. Remavam, davam pernadas, braçadas, faziam sua rota com rápidas braçadas, alguns mergulhavam para tentar avançar mais rapidamente dentro d'água, outros tentavam atrapalhar os vizinhos, agarrando suas pernas ou se deitando em suas costas. Não deu para identificar Sonja naquele campo borbulhante e esguichante.

Stella não quis participar da competição. Quando tentei estimulá-la, disse apenas: "Não seria justo, Christian." Àquela altura, eu não sabia ainda que ela participara de equipes, provavelmente equipes universitárias, tendo conquistado o segundo lugar na equipe de revezamento de nado medley.

Eu não me contentei com aquela justificativa, Stella, e voltei a falar do episódio quando estávamos deitados sob os pinheiros naquela tarde quente, sem vento. Estávamos lado a lado, apenas de roupa de banho, eu acariciava tuas costas. Quis saber por que ela não quisera participar da competição e ela disse: "Muito simples, Christian, eu não podia ganhar. Quando se tem uma vantagem grande, não se pode lançar mão dela, não seria correto, seria uma vitória gratuita." Eu não quis concordar com ela, achei que esse argumento era sinal de arrogância, orgulho. Disse: "A supremacia é algo conquistado, uma posse legítima." Ela sorriu e, suspirando, disse: "Ah, Christian, se quiseres um resultado correto, as condições têm que estar de acordo." Ela me beijou, foi um beijo rápido, em seguida, saltou e foi até a água com passos dançantes. "Vamos, vem comigo." Empurrando um ao outro, dando voltas, fomos até o fundo, as mãos buscando o corpo do outro, eu a apertei contra mim e a abracei com força. Esse olhar de surpresa, nunca haverei de esquecer esse olhar surpreso e a concordância feliz. Nossos corpos se enlaçaram como se tivessem esperado por aquilo. Rimos quando a correnteza dificultou ficarmos em pé, eu apontei para as duas bandeiras vermelhas rasgadas pelo vento – eram apenas frangalhos – colocadas ali para alertar contra uma rede para enguias. Eu gritei: "Vamos, Stella, vamos nadar em volta das bandeiras; quem ganhar tem direito a um desejo", e, sem esperar pela sua resposta, saí nadando. Num primeiro momento, eu não me certifiquei se ela estava me seguindo, nadei o mais rápido que podia, as bandeiras balançavam no mar moderadamente agitado. Só olhei para trás pouco antes de chegar. Stella aceitara meu convite, meu desafio, tinha entrado no jogo, seguia-me com longas braçadas. Achei que ela ainda não estava dando tudo de si, que nadava despreocupada, certa de sua vitória, e isso me estimulou. Ao chegar na altura das bandeiras, ela mudou de estilo, como ela nadava agora jocosamente de costas, sem que diminuísse a distância em relação a mim. Eu reduzi a velocidade, pelo menos imaginei fazê-lo, afastei-me alguns metros, quase certo de que alcançaria a praia antes dela, mas logo ela estendeu um braço e acenou, como quem está segura de sua superioridade, alegre, condescendente, e ela acelerou e se aproximou com rápidas pernadas, tive a impressão de que um motor de navio a movia. Com quanta facilidade passaste por mim, Stella! Eu nem tentei te ultrapassar, desisti, fiquei para trás e observei como chegaste à praia sem o menor sinal de cansaço.

Na altura dos pinheiros, numa pequena depressão de areia sob os pinheiros, eu a lembrei de que ela tinha direito a um pedido, mas ela se limitou a um gesto com as mãos, agora não, não imediatamente, voltaria ao assunto numa outra oportunidade, era muito bom ter o direito de fazer um pedido, mas o momento de expressá-lo teria que ser bem pensado, não podia ser desperdiçado. Enquanto falava, Stella limpava a areia das minhas costas, do meu peito, houve um momento em que ela se abaixou tanto que eu achei que descobrira alguma coisa, uma ferida antiga, uma cicatriz, mas era outra coisa que ela observara. "Ela realmente sorri", disse ela, "tua pele realmente sorri, Christian." Certa vez, Stella lera que a pele é capaz de sorrir em determinadas ocasiões, e, pelo jeito, acabara de encontrar a prova para isso. Curioso, e mais do que isso, virei para o lado, apenas para constatar que minha pele estava como sempre foi, sem mostrar nem mesmo a sombra de um sorriso. O que eu não vi ou o que não consegui perceber: tu sabias. Aquela observação desencadeara em mim algo para o que eu não estava preparado, um desejo irrequieto que só crescia em minha imaginação fez com que eu a tocasse, acariciei suas coxas, buscando seu olhar, nossos rostos estavam tão próximos que eu sentia seu hálito. Seu olhar não desviou do meu, tive a sensação de que seu olhar respondia ao meu desejo, ou mesmo que exalava um suave desafio; eu tirei seu maiô, ela me ajudou, e nós nos amamos ali mesmo, na areia sob os pinheiros.

Como ela deslanchou a falar! Era como se tivéssemos de nos dizer coisas que não haviam ainda sido ditas. O passado se fez presente, sentimos o desejo de saber mais um do outro, podia ser uma forma de nos sentirmos seguros, de nos justificarmos ou de nos acalmarmos, nossa necessidade daquilo fez com que não evitássemos nenhuma pergunta. "É uma longa história", disse ela, minha cabeça repousando em seu braço. "É uma longa história, Christian, ela começa ainda durante a guerra, em Kent, nos céus de Kent." "Por que no céu?", perguntei. "Meu pai era telegrafista num bombardeiro, seu avião foi atingido ainda durante o primeiro ataque, seus companheiros morreram, ele sobreviveu, seu paraquedas funcionou, foi assim que virei professora de inglês." "Como?" E Stella contou do seu pai, que foi preso e levado para um campo de prisioneiros perto de Leeds; ali ele passou algumas semanas, abandonado ao tédio, como a maioria dos prisioneiros. Isso mudou quando ele recebeu tarefas no campo durante o outono, com outros prisioneiros, trabalhar no sítio de Howard Wilson era prazeroso para ele, a maioria dos prisioneiros aproveitava os discursos políticos no campo para repor o sono atrasado. O pai de Stella costumava fazer as refeições com os Wilson, foi convidado a participar de uma modesta festa de aniversário e certa vez pediram que ele levasse seu filho doente até o médico de bicicleta. "Teu pai é do campo?", perguntei. "Ele era eletricista", disse ela, "ele conseguia provar a qualquer pessoa que ela não vivia com a quantidade de luz suficiente, e aonde quer que fosse sempre levava algumas lâmpadas elétricas de reserva em sua maleta, lâmpadas que ele deixava para o cliente a preço de custo. Seu cliente predileto o chamava de Joseph, o Porta-Luz, os Wilson o apelidavam de Joe.

"Ele nunca nos explicou por que razão, um belo dia, depois da guerra, decidiu ir visitar os Wilson, simplesmente achou que estava na hora de bater na porta deles."

Hoje, disse Stella, hoje ela entendia ser um desejo legítimo querer voltar para algum lugar onde experimentou momentos importantes na vida, talvez decisivos. Stella disse aquilo, mas depois de um breve intervalo acrescentou: "Sete dias, Christian, nossa intenção era ficar apenas uma tarde, mas acabamos ficando sete dias."

Não consegui desgrudar o olhar da tua imagem; enquanto a orquestra da escola tocava, olhava sem parar para tua fotografia; era como se tivéssemos marcado um encontro para aquela hora com a intenção de dizermos algo que não sabíamos um do outro. Duas vezes eu assistira a ensaios da orquestra, orquestra com coro, mas agora, diante da tua imagem, aquela cantata me emocionou de forma inesperada. Aquela vulnerabilidade, aquela busca desesperada e a esperança de uma resposta, de redenção, a força vencedora foi evocada por eles, Pai e Filho, pelo tempo que é o melhor dos tempos. Como teu rosto de repente começou a brilhar, Stella, este rosto que eu beijei todo, a testa, as faces, a boca. Louvor e magnificência, digo os nomes e me rendo, glória a ti. Depois aquele amém ecoado pela orquestra, que foi diminuindo de intensidade e se perdeu no universo do consolo, logo depois do ato trágico. Olhei incessantemente para teu rosto; jamais eu sentira aquela poderosa sensação de perda; estranho, pois antes eu nem mesmo tivera a consciência de possuir aquilo que se perdia agora.

Quando Herr Block subiu ao palco, pensei que fosse fazer uma alocução, mas ele apenas agradeceu, agradeceu nosso silêncio. Não nos convidou a deixar o auditório. Limitou-se a apontar para as duas saídas e a multidão começou a se movimentar, acumulou-se, foi-se tornando mais rala, andou em direção aos corredores, onde logo começou a algaravia de vozes. Eu me contive, esperei até que os pequenos saíssem do lado da janela, em seguida subi ao palco, olhei para os lados e rapidamente me apossei da foto de Stella. Guardei-a por baixo do pulôver e deixei o auditório junto com os outros.

As aulas foram suspensas depois daquele culto de memória. Eu desci a escada até o primeiro andar, onde ficava minha sala de aula, entrei no cômodo vazio e me sentei à minha mesa. Pus a foto de Stella na carteira. Não consegui ficar muito tempo assim sentado, guardei a foto na gaveta e decidi levá-la para casa e colocá-la ao lado da foto da minha turma. Um turista fizera aquela foto, um antigo professor aposentado que morava no Seeblick e conhecia Stella. Ele nos agrupou à sua moda: a primeira fila deitada, a segunda ajoelhada, os maiores atrás e, no fundo, três traineiras que saíam para o mar. Tu estavas em pé entre os meninos ajoelhados, uma mão repousando na cabeça de um deles. Bem na ponta – não sei por quê – estava Georg Bisanz, o aluno predileto, cerrando um maço de cadernos contra o peito, inclusive o meu. Georg tinha a prerrogativa de recolher os cadernos.

Não me surpreendi quando ela disse o tema da redação logo no início da aula. Stella nos aconselhara antecipadamente a ler, entre outros, *A revolução dos bichos*; apenas fiquei decepcionado com sua frieza, sua objetividade, não havia nenhuma expressão de comunicação secreta em seu olhar, ela não respondeu a nenhuma alusão sobre aquilo que dividíamos e que nos pertencia. Olhou para mim exatamente da mesma forma que olhou para os outros alunos; até quando ficou ao lado da minha mesa – seu corpo estava tão próximo que eu poderia tê-la puxado e apertado contra mim – acreditei estar sentindo uma distância inesperada: o que aconteceu, aconteceu, agora tu não podes contar com isso.

Eu estava certo de que fora bem na prova final de inglês, para contentamento de Stella, até tivera prazer em narrar a revolta dos animais na fazenda de Mr. Jones, que depois passou a se chamar Fazenda dos Animais. Deixara claro meu respeito pelo porta-voz da rebelião, o porco gordo Napoleão, brilhante na arte da oratória. Mencionei especialmente os sete mandamentos que os animais haviam convencionado entre si, escritos com tinta branca numa parede negra de piche – um tipo de tábua de leis que eu considero importantes para todos os seres vivos. Ressaltei alguns dos mandamentos, por exemplo, o primeiro: qualquer ser bípede é um inimigo. E o sétimo mandamento: todos os animais são iguais.

Eu estava satisfeito com minha prova e esperava com impaciência a devolução dos cadernos, uma oportunidade que Stella não deixava passar para listar os motivos pelos quais um recebia um "satisfatório", outro um "insuficiente" ou um "bom" – somente uma única vez tinha um "muito bom". Mas ela não veio, várias aulas foram canceladas e não foi fácil descobrir o que a impedia de continuar suas aulas.

Heiner Thomsen sabia onde tu moravas, ele vinha diariamente de Scharmünde para Hirtshafen, não era meu colega de turma. Stella alugara o quarto no hotel Seeblick só por alguns dias nas férias, eu esperava encontrá-la em casa e, depois de ponderar os prós e contras, resolvi ir até lá. Tinha de saber simplesmente o que acontecera ou o que lhe sucedera, cheguei a suspeitar que era por minha causa que ela se ausentara da escola.

No dia seguinte fui até Scharmünde, encontrei sua rua, encontrei sua casa, o velho sentado no banco do jardim parecia estar descansando depois de um dia de trabalho, o cachimbo numa mão e a bengala na outra. Quando abri o portão do jardim, ele ergueu o rosto, um rosto carnudo, mal barbeado, e olhou para mim, sorrindo. "Chega mais perto", disse ele, "podes chegar mais perto, ou será que já devo tratar-te de 'o senhor'?" "Não", disse eu, "ainda sou estudante." "Não parece", disse o velho telegrafista e, depois de me examinar durante alguns instantes, perguntou: "Aluno dela, da minha filha?" "Frau Petersen é minha professora de inglês", disse. Ele pareceu satisfeito, não precisei explicar mais nada sobre o motivo da minha visita. Chamou: "Stella." Ela veio, não pareceu muito surpresa quando me viu ao lado do seu pai, talvez tivesse me visto chegar e se preparara para o momento do cumprimento. Vestia jeans e blusa polo, saiu da casa e disse: "Como vejo, *Dad*, recebeste visita." Seu aperto de mãos não sinalizou mais do que um gesto objetivo de boas-vindas. Formal, observou: "Que bom rever-te, Christian." Nenhum estranhamento, nenhuma repreensão e muito menos um sinal oculto de alegria.

Seu pai quis entrar, a temperatura estava fresca demais, precisava da ajuda da filha, e ela o puxou para cima, segurou-o, enérgica, e o rebocou. Por cima do ombro, ele disse: "Vértebra lombar, lembrança de tempos passados."

O velho telegrafista quis ser levado até seu quarto, um cômodo estreito, girassóis olhavam para dentro da janela, diante da qual havia uma espécie de mesa de marceneiro; encostado na parede, um sofá antiquado, onde havia um cobertor jogado displicentemente. Pesado, ele se deixou cair numa poltrona de vime diante da mesa e fez um aceno com a cabeça para que eu me sentasse num banquinho. "Barcos em garrafas?", perguntei, segurando uma garrafa onde uma cena portuária fora eternizada; era um cargueiro de contêineres colorido sendo puxado por um rebocador. "Para as horas de folga", disse ele, "é assim que eu passo meu tempo, às vezes é bom ter que resolver problemas." Ele apontou para uma garrafa clara que continha um veleiro, os três mastros ainda deitados no convés. "Preciso levantá-los ainda", disse, acrescentando que muita gente ficava admirada como um veleiro de três mastros entrava numa garrafa. "No entanto, é muito simples: primeiro se introduz o casco da embarcação pelo gargalo, depois é que são colocadas as outras estruturas ou os mastros com as cordinhas, até as ondas artificiais entram depois."

Enquanto ele falava sobre seu passatempo, eu prestava atenção nos passos de Stella na casa, escutei-a telefonando, fazendo tarefas na cozinha e despachando um visitante ou um mensageiro na porta. Já estava duvidando se seria capaz de conversarmos a sós quando ela entrou com uma bandeja, a qual depositou na mesa. Vi uma caneca grande com a inscrição *The Gardener* e uma garrafa de rum Captain Morgan. O pai pegou sua mão, acariciou-a e disse: "Obrigado, minha filha", e para mim: "O rum enobrece o chá." Ela não deixou que ele se servisse, abriu ela própria a garrafa e serviu um gole de rum no chá, em seguida, deu uma palmadinha no ombro do pai. "*To your health, Dad*", e, com voz resoluta, para mim: "Para ti, Christian, tem outra coisa ao lado."

Prateleiras de livros brancas, uma escrivaninha branca e verde com várias gavetas, uma espreguiçadeira de couro, duas poltronas de vime e na parede aquela reprodução misteriosa: *Uma rainha olha para o seu país*. Na escrivaninha, ao lado de uma pilha de cadernos, havia uma caneca de chá com a inscrição *The Friend*. Não achei teu quarto especialmente bonito, Stella, parecia que já o conhecia, pelo menos não tive a impressão de estar pisando em território estranho. A sós com ela, eu a abracei e a beijei, ou melhor, tentei beijá-la, mas ela se retesou e se defendeu: "Aqui não, Christian! Por favor, aqui não!" Quando enfiei minhas mãos por baixo da sua blusa polo, também percebi sua resistência e ela repetiu: "Aqui não, Christian! Por favor!" Sentei-me, olhei para a caneca com chá e li em voz alta a inscrição *The Friend*, apontando com um gesto inquiridor para mim. Stella não respondeu, não confirmou o que eu quis saber; em vez disso, perguntou: "Por que vieste para cá?" Primeiro, eu não sabia o que deveria responder, mas logo eu disse. "Eu precisava te rever, além disso, queria te fazer uma proposta." Com uma expressão de condescendência e de cansaço, Stella pediu que eu tivesse cuidado, com ela e com outros, perguntou se eu refletira sobre como nossa história iria continuar. "Sabes o que isso significa para mim, mas também para ti?" "Eu não estava mais aguentando", disse eu. "Para te rever, mesmo que fosse só por um instante, eu esperaria até na frente da sala de professores." "Muito bem", disse ela, "mas o que acontece depois, Christian, ou então: e agora?" Tu me deste a entender que havias previsto, que havias imaginado o que teríamos de enfrentar. E agora?, esta é a pergunta de alguém inseguro, talvez deprimido, ou então atônito. De repente, ela disse: "Talvez eu devesse pedir transferência para uma outra escola. Isso facilitaria muito as coisas." "Nesse caso, eu vou junto." "Ah, Christian." Ela sacudiu a cabeça, a voz parecia condescendente, parecia apenas lamentar minha observação. "Ah, Christian!"

A pilha de cadernos em sua mesa de trabalho não me deixava em paz, olhava para ela toda hora, ali também estava minha redação, que ela certamente lera e à qual atribuíra uma nota. Ao pensar nisso, não ousei mais tocar Stella ou pedir sua opinião.

Como era hesitante a voz do pai, quando subitamente chamou: "Stella", e, de novo, suplicando, "Stella", e ela colocou o cigarro que estava prestes a acender num cinzeiro e me deixou sozinho. Pelo jeito, o velho telegrafista estava com frio mesmo sentado à sua mesa de trabalho, pediu um casaco, depois cochicharam, eu sabia que estavam falando da minha visita. Meu caderno não estava no topo da pilha, mas, mesmo que estivesse ali, eu não o teria pego. Pois atrás da pilha, na mesa de Stella, havia uma fotografia numa moldura; ela mostrava um homem loiro, atlético, que olhava desafiador para a câmera, ameaçando o fotógrafo com uma revista enrolada. À margem da fotografia eu li: *"Stella, with love, Colin."*

Não, eu não iria perguntar logo quem era aquele Colin e o que a unia a ele. Tentei adivinhar sua idade, não podia ser muito mais velho do que eu. Tirei o cigarro do cinzeiro e o acendi, observei o quadro *Uma rainha olha para o seu país*, era de um pintor inglês, Attenborough, eu acho. O país da rainha estava mergulhado na neblina, sem caminhos, sem ruas, à beira de um lago o contorno de casas acocoradas, quase inatingíveis.

Teu sorriso, Stella, quando entraste e logo reparaste que eu estava fumando teu cigarro. Com um gesto, pediste que eu permanecesse sentado, isto aqui é outro território, não é a sala de aulas, aqui não é preciso levantar quando o professor entra. "Ele está melhor", disse ela, "desde hoje meu pai está se sentindo bem melhor."

Ela deu alguns passos, ficou parada diante da sua mesa e colocou uma mão sobre a pilha de cadernos. Eu ainda não ousava perguntar sua opinião. Ela tinha que determinar o momento propício, pensei. Quanto mais durava sua hesitação, mas certeza eu tinha de que não poderia esperar nenhum elogio. Ela nunca retinha um elogio, sempre começava com isso quando nos devolvia nossos cadernos e justificava as notas. Esperei que ela se sentasse a meu lado, mas ela não fez isso; foi até a janela e olhou para fora, parecia que estava procurando alguma coisa, uma palavra de conforto, uma inspiração. Depois de alguns instantes, notei que a expressão do seu rosto se modificou e, com um leve esgar de preocupação, não de condescendência, ela disse: "O que estou fazendo agora, Christian, eu nunca fiz antes, podes dizer que é um ato conspiratório, sim, quando penso naquilo que nos une, é conspiratório em relação à nossa escola. O que tenho a dizer para ti deve ser dito em sala de aula." Enquanto ela falava, lembrei do quarto no Seeblick, do travesseiro que havíamos dividido, senti um medo indefinido, uma dor indefinida, mas só por um instante, pois depois de acender outro cigarro ela voltou a caminhar.

O que disseste então, Stella, no começo não parecia ser dirigido apenas a mim, era como se quisesses afirmar algo muito fundamental para todos aqueles que poderiam estar interessados. "*A revolução dos bichos* é uma fábula aplicada ou uma fábula aplicável, algo é dito por meio de outros, atrás das informações aparentes aparece uma verdade maior que poderíamos designar como sendo a miséria da revolução." Ela estava parada diante da estante de livros, falando para as prateleiras: "Para os animais, não são as reivindicações clássicas da revolução que valem – mais pão, mais liberdade. Seu objetivo é acabar com o domínio do ser humano, um objetivo limitado, concreto, que acaba sendo atingido. Mas no momento em que se funda uma nova civilização começa a miséria. Ela começa com a formação das classes e a sede de poder do indivíduo."

Agora Stella se virou para mim. "E já que estamos falando disso, Christian, tu reproduziste muito bem o início, os mandamentos, os lemas, falou da tábua das leis dos animais, tudo correto, tudo adequado, citou ainda aquele lema horroroso: todos os animais são iguais, mas alguns animais são mais iguais do que os outros. Mas não mencionaste uma coisa, ou esqueceste dela: o resultado desta revolução, um resultado que caracteriza tantas revoluções. Não levaste em conta as lutas de poder na classe dominante, não deste importância ao terror inaudito que começou logo depois da conquista, e finalmente, Christian, tu nem notaste que aqui surge uma imagem do comportamento humano. Existe um título de livro que você não precisa conhecer, mas que diz tudo: *A revolução devora seus filhos*. Em resumo, tu listaste as causas dessa revolução, sem dar importância aos motivos de seu fracasso."

Nem tentei me defender, não o fiz porque percebi que estavas numa posição de supremacia e que todos os teus argumentos eram corretos. Mas eu achei que precisava saber de uma coisa: a nota que me deste ou querias me dar. À minha pergunta "Se eu falhei na prova, não posso esperar muita coisa" deste de ombros e disseste, num tom que pareceu um pouco repressor: "Aqui não é exatamente o melhor lugar para falar de notas."

Stella me deu a entender que havia algo que devíamos manter à parte e que ela, apesar de todo o afeto e de toda a concordância com nosso passado, não estava disposta a abrir mão da autoridade em seu campo de atuação. "Não deveríamos falar de notas." Aquilo foi dito de maneira tão decidida que eu nem tentei demovê-la, tampouco ousei enlaçar suas coxas e puxá-la para meu colo.

Não quiseste que eu saísse do teu quarto quando o telefone tocou, olhaste para mim, enquanto falavas, divertida e aliviada, era o telefonema que estavas esperando. Os amigos de Stella que a tinham convidado para passear de veleiro estavam mais uma vez anunciando sua chegada, pelo que pude entender, não podiam fixar um dia certo, o vento estava contra eles. Ela não topou minha proposta de irmos juntos até os campos de pedras submersos. "Outra hora", disse ela, "depois da minha volta." Quando nos despedimos, ela disse que aquela fora uma visita bastante surpreendente, com que ela provavelmente quis dizer que eu lhe poupasse de surpresas futuras daquela natureza. No jardim, eu me virei, ambos estavam acenando para mim, também o velho telegrafista.

Sozinho, bem sozinho na minha sala de aula, eu estava diante da gaveta aberta, observando o olhar de Stella; resolvi contar para ela tudo o que ela ainda não sabia sobre mim, quis mencionar também o acidente na velha embarcação que quase ocorreu comigo quando eu estava mergulhando para examinar a situação das pedras e uma rocha poderosa se soltou do braço metálico acima de mim e quase me esmagou, não fosse a onda que me jogou para o lado.

Alguém abriu a porta tão silenciosamente que eu nem escutei. Era Heiner Thomsen. "Aqui estás!", e veio rapidamente em minha direção. Ele estava me procurando a mando de Block. O diretor queria falar comigo. "Sabes o que ele quer?" "Nem imagino." "Onde ele está?" "Onde sempre fica." Tranquei a gaveta, desci as escadas lentamente até a sala de Block no andar térreo. Ele não veio em minha direção: sentado à sua mesa, limitou-se a fazer um gesto para que eu me aproximasse. Pela maneira como me olhou – aquele olhar penetrante, inquiridor –, logo vi que ele esperava alguma coisa especial de mim. Senti-me humilhado de ter que ficar tanto tempo em pé, sem falar nada. Seus lábios finos se moviam, ele parecia antecipar um gostinho, finalmente disse: "Pelo jeito, resolveste terminar nosso culto do seu modo." "Eu?" "Levaste a fotografia de Frau Petersen." "Quem disse isso?" "Várias pessoas viram. Testemunharam como tu pegaste a fotografia, escondeste embaixo do suéter e levaste." "Deve ser um engano." "Não, Christian, não é um engano, e agora peço que me digas por que fez isso,

Frau Petersen era tua professora de inglês." Eu estava disposto a admitir que levara a fotografia de Stella, mas assim, em pé, diante de sua mesa, não me lembrei de nenhum motivo para lhe oferecer, pelo menos não o motivo que me fizera agir. Depois de alguns instantes, eu disse: "Está bem, admito que levei a fotografia, não queria que desaparecesse em algum lugar, quis guardá-la como lembrança da minha professora, na minha turma todos gostavam muito dela." "Mas, Christian, querias fica com a foto só para ti, não é verdade?" "Queria que a foto ficasse em nossa sala", disse eu. Com um sorriso irônico, ele tomou conhecimento daquilo e em seguida repetiu: "Na sala de aula, então. E por que não no auditório, na prateleira onde estão os retratos de vários ex-professores, por que não ali?" "Posso colocá-la ali", disse eu, "posso fazer isso já." Então, Block olhou para mim muito sério e eu achei que ele sabia mais do que eu poderia supor, embora não conseguisse imaginar até que ponto sabia ou o que ele suspeitava. Nada me incomoda tanto quanto estar à mercê de uma suposição indefinida. Para terminar nossa conversa, eu propus fazer imediatamente o que ele desejava. "Se estiveres de acordo, doutor, resolvo isso já, a foto vai para o lugar que o senhor recomendou." Ele fez que sim com a cabeça, eu estava liberado. Eu já estava na porta quando ele me chamou de volta. Falando sem me encarar diretamente, disse: "O que omitimos, Christian, muitas vezes tem mais consequências do que aquilo que dizemos. Entendeu o que eu quero dizer?" "Entendi", disse eu, e me apressei em levar a fotografia de Stella para o lugar indicado.

Mais uma vez, Stella, carreguei teu retrato por baixo do suéter; ao longo do meu caminho para o auditório não dei respostas, evitei encontros. A prateleira não estava toda ocupada, havia seis retratos de ex-professores, todos homens velhos, era possível imaginar que apenas um deles tinha senso de humor, um pedagogo de uniforme de marinheiro que segurava duas bandeiras cruzadas diante do peito. Diziam que tinha sido professor de biologia, muito antes da minha época. Coloquei a foto de Stella entre ele e um rosto quadrado, nem pensei mais nos vizinhos. Tinhas o teu lugar, era o que me bastava por enquanto.

Ao te ver, reconquistei o que eu precisava ou imaginava precisar, a súbita felicidade de um toque, a alegria que demanda repetição. Naquele momento, tive a certeza de que eu teria precisado daquele retrato para mim, só para mim. Aquela claridade na praia, aquela claridade ofuscante naquele domingo em que esperei Stella no Fusca que Claus Bultjohan me emprestara, um conversível que pertencia ao seu pai. Este estava viajando a serviço da televisão, estava filmando um documentário sobre os lapões, que surpreendentemente tinham o direito de atravessar a fronteira russa por serem nômades. Depois da minha ida à sua casa, eu nem tentara mais combinar um encontro com Stella; como eu sabia que naquele tempo confiável de verão ela ia sozinha à praia para ler ou para ficar deitada ao sol, decidi esperar por ela, bem longe da casa na qual morava. No carro, escutei Benny Goodman. Lentamente a segui, ela usava seu vestido de praia colorido, azul e amarelo, e uma bolsa de praia a tiracolo. Caminhava com passos rápidos e seguros; antes do quiosque onde vendiam jornais e peixe defumado, eu parei abruptamente a seu lado, vi a irritação em seu rosto, mas vi como essa expressão logo foi substituída por surpresa e espanto. "Ah, Christian", disse ela então, eu abri a porta e, depois de um momento de hesitação, ela entrou no carro.

Ela se sentou prontamente em cima da minha câmera fotográfica, que eu colocara no assento ao lado. "Céus, o que é isso?" "Ganhei", disse eu, "num concurso, ganhei o quinto lugar." "E para onde vamos?", perguntou ela, e eu: "Onde há algo bonito para ver."

Paramos no lugar onde estavam as placas de sinalização náutica que deviam ser pintadas – mas que tinham de ser desenferrujadas antes. Com quanta animação aceitaste minha sugestão de fazer algumas fotos, sentada, cavalgando, abraçando aquelas placas, tu participaste do jogo, parecias acariciar um tonel velho de ferro; só recusaste quando eu te pedi para sentar no capô do carro! Estavas sentada sobre o capô – bem à maneira daquelas moças selecionadas nos salões de automóveis – quando um vento levantou teu vestido de praia, tornando visível tua calcinha azul-clara; rapidamente tu acenaste e disseste: "Isso não, Christian, não vamos tão longe", e depois perguntaste onde eu iria mandar revelar o filme; prometi ficar com aquelas fotos só para mim.

Stella me fotografou uma única vez naquele domingo, estávamos no restaurante de peixe ao lado do cassino, quase todos os lugares no terraço estavam ocupados. Stella leu o cardápio mais de uma vez, eu me divertia ao observar como ela tomava sua decisão: mal havia fechado a pasta de couro com o cardápio, voltou a abri-la, balançava a cabeça e começava tudo de novo. Ela não deixou de reparar que seu processo de buscar, decidir e mudar (a decisão) me divertia, pois antes de pedir disse: "Às vezes, adoro a indecisão, a possibilidade de escolher." Pedimos linguado à moda de Finkenwerder, frito no toucinho, além de salada de batata.

Ela admirou minha habilidade em cortar o peixe, principalmente o corte longitudinal com o qual separei o filé da parte de trás do peito, ela tentou me imitar, mas falhou, e eu puxei seu prato e separei a carne da espinha para ela. Interessada, Stella observou como eu peguei a espinha com ambas as mãos, lambendo-a prazerosamente e segurando-a contra o rosto. Stella deu uma risada, virou-se, voltou a me olhar, rindo, e disse: "Maravilhoso, Christian, fica assim, precisamos eternizar isso." Ela me fotografou, desejou que eu abrisse a boca e colocasse a espinha do peixe nos lábios, repetiu o clique. Quando eu lhe propus que fizéssemos uma foto de nós dois, ela hesitou um pouco – uma hesitação que eu esperara. Finalmente, ela aceitou, e depois do almoço fomos até a praia e procuramos um lugar entre castelos de areia abandonados. Fizemos uma fotografia de nós dois com o temporizador automático. O que o retrato mostrava ou iria mostrar não pareceu preocupante nem para mim nem para Stella: estávamos sentados, com roupas de verão, na praia, sentados juntinhos, esforçados em parecer bem-humorados, contentes com nós mesmos. Eu não disse em voz alta, mas pensei: eu amo Stella. E também pensei: quero saber mais sobre ela. Nenhum conhecimento é suficiente quando nos damos conta de que estamos amando alguém. Enquanto tiravas *Luz em agosto*, de Faulkner, da tua bolsa de praia e te espreguiçaste dizendo, quase como te justificando, que precisavas ler aquele autor, eu perguntei: "Mas por que, por que precisas lê-lo, nem está previsto no programa deste ano letivo?" "É meu autor preferido", disseste, "um dos meus autores preferidos deste verão." "E o que ele tem de tão especial?" "Queres mesmo saber?" "Quero saber tudo de ti!", respondi, e sem pensar muito passaste a me introduzir ao mundo de Faulkner, à celebração da selva no Mississippi, uma selva dominada por ursos e veados, e habitada por pequenos marsupiais e pela cobra gigante, antes da chegada das serrarias e dos moinhos de algodão que transformaram o país. Mas falaste também dos personagens, dos senhores e dos patifes que davam suas próprias leis à selva, contribuindo para a maldição do Sul.

Eu gostava de ouvi-la, era bem diferente do seu jeito de falar em sala de aula, mais hesitante, nada professoral; seu jeito de falar me fazia sentir bem, era quase como se eu fosse um colega. Naturalmente, resolvi que leria seu autor preferido na próxima oportunidade, ou ao menos tentaria. Durante alguns instantes ficamos deitados um ao lado do outro, em silêncio, eu me virei para ela e observei seu rosto, seus olhos estavam fechados. O rosto de Stella me pareceu ainda mais belo do que no travesseiro; consegui vislumbrar um início de sorriso. Embora adorasse saber em que ela pensava, não fiz perguntas, só uma vez perguntei a ela quem era o tal de Colin, e ela me deu uma resposta sucinta: era um colega do seminário pedagógico que agora ensinava numa escola em Bremen. Uma vez achei que sabia em que ela estava pensando quando surgiu uma expressão de expectativa em seu rosto. Suspeitei que estivesse pensando em mim, ela confirmou essa intuição ao colocar uma das mãos na minha barriga. É perfeitamente possível pensar em alguém mesmo quando este alguém está presente.

Impossível dizer quem foi que nos descobriu, talvez tenha sido Heiner Thomsen ou alguém do seu bando que vieram para a praia para jogar vôlei. Eles se anunciaram com suas vozes. De repente, não dava mais para escutar as vozes, e logo depois vi alguns vultos que tentavam se esconder atrás dos castelos de areia e, agachados, se aproximaram de nós. Eles queriam descobrir o que havia para ver, o que poderia haver para contar depois na escola. Não precisei chamar a atenção de Stella para meus colegas, ela já os vira, e ela piscou para mim, se levantou e foi devagar até os castelos de areia. Então, um deles apareceu, depois mais um, e mais um, ficaram ali em pé como se tivessem sido flagrados. Um deles chegou a saudar a professora. Stella olhou para eles, risonha, e, sem se importar com seu jogo, disse: "Existem lá vantagens em dar aula na praia de vez em quando, quem quiser participar, pode." Ninguém quis.

Naquele momento, Stella, eu te admirei, tive ímpetos de te abraçar quando aceitaste participar de uma partida de vôlei com eles. Eles aplaudiram de tão contentes, ambos os lados te queriam na equipe. Eu só tinha olhos para ti, e involuntariamente imaginei voltar a dividir um travesseiro contigo ou sentir teus seios nas minhas costas no abraço. Apesar de teres sido o pilar da tua equipe – nenhum deles dava saques com tanto efeito, nenhum deles cortava com tanta precisão –, tiveste de experimentar uma derrota. Tentaram convencer Stella a jogar a próxima rodada, mas ela recusou gentilmente, disse que tinha que ir para casa.

Meus colegas rodearam o carro, trocaram olhares quando Stella pôs o cinto de segurança, para mim deram conselhos irônicos e alguns deles assobiaram quando partimos. Fomos diretamente para sua casa. O velho telegrafista não estava no banco do jardim, duas janelas estavam abertas. Desliguei o motor, na esperança de que ela me convidasse a acompanhá-la. Como ela não disse nada, propus que fôssemos juntos aos campos de pedras com nosso bote. Stella me puxou para junto de si e me beijou. Ela disse: "Os meus amigos chegaram, vão me levar no veleiro." "Quando?" "Pode ser até amanhã mesmo, é o que eu espero, pelo menos. Preciso de alguns dias para mim." "Depois, então?" "Sim, Christian, depois." Antes de saltar, ela me beijou mais uma vez, e já na porta da casa acenou para mim, não de maneira fugidia, mas lentamente, como se eu precisasse me conformar com aquela separação. Naquele momento imaginei pela primeira vez viver com Stella. Foi um pensamento súbito, doido, e hoje sei, em muitos aspectos foi um pensamento inadequado, que só podia mesmo ser gerado pelo temor de que aquilo que me ligava a Stella pudesse acabar. Com quanta naturalidade surge este desejo de permanência!

Triste, como Hirtshafen me pareceu sem graça desde o dia em que te levaram a bordo daquele veleiro de dois mastros. Sonja vira, e dela eu soube que mandaram um bote até a praia para te buscar e levar até o *Polarstern*. Pelo jeito, o dono não conseguira imaginar outro nome. Tu fostes embora. Eu perambulei e fiquei algum tempo sentado junto aos sinais náuticos enferrujados, junto aos três pinheiros e no deque de madeira, fui até o hotel Seeblick sem saber o que eu queria ali. Naquela tarde eu pensei em visitar o pai de Stella. Não consegui me lembrar de nenhum motivo para aquela visita, simplesmente quis ir visitá-lo na esperança de sentir a proximidade de Stella. Foi quando chegou sua carta.

Eu fizera faxina no nosso *Katarina*, voltara para casa, cansado do trabalho, quando meu pai disse: "Chegou uma carta para ti, Christian, da Dinamarca." Rapidamente subi ao meu quarto, queria ficar sozinho. O remetente era generoso, parecia querer ocultar alguma coisa, dizia apenas: Stella P., ilha de Aro. Imediatamente compreendi que não cabia resposta diante de tal indefinição. Não comecei a ler sua carta pelo início, primeiro eu quis saber como a assinara e fiquei feliz ao ler: *"Hope to see you soon, best wishes, Stella."* Fiquei tão feliz que primeiro procurei e defini um lugar onde a carta ficaria guardada.

Falaste de uma calmaria, alegres banhos de mar em uma baía tranquila e da visita a um museu de ciências marítimas numa outra ilha. Das coisas que viram: uma arraia e uma baleia, conservadas em formol, uma enorme baleia-azul que encalhara, além de diversos aquários com peixes-papagaio, corais e pequenos peixes-vermelhos; tu reparaste especialmente – o que me fez sorrir, ao lê-lo – em alguns caranguejos-rei vermelhos que estavam devorando um filé de arenque, disseste que eram os comensais mais letárgicos de toda a criação, e assistir a eles durante uma refeição era uma prova de paciência. Mencionaste ainda os cavalos-marinhos, como te pareceram, eram alegres aqueles cavalos-marinhos. Não encontrei melhor esconderijo para a carta de Stella do que meu livro de gramática inglesa; enquanto a dobrava e colocava dentro do livro, pensei para frente, pensei, sem saber do que iria acontecer, em um dia qualquer e imaginei como lembraríamos do passado, perguntando "Você se lembra?", sentados lado a lado, releríamos a carta, admirados, talvez, de como ela seria motivo de tanta alegria.

Naquele dia sonhei pela primeira vez com Stella; foi um sonho que me deu o que pensar: cheguei atrasado na sala de aula, todos já estavam lá e olharam para mim ironicamente; quando me sentei, me fizeram olhar para o quadro-negro. Em letras de forma estava escrito: *Please come back, dear Stella, Christian is waiting for you.* Eu me atirei sobre o quadro-negro e apaguei o texto, os sorrisos cínicos em seus rostos revelaram que eles se consideravam vitoriosos.

Esperar, esperar pelo teu regresso; embora muitas vezes pensasse que estava condenado a esperar e já estava acostumado, a ausência de Stella, para mim, foi muito difícil. De vez em quando, levava os hóspedes do Seeblick à tarde para excursões em nosso *Katarina*, quase sempre para a ilha dos Pássaros, onde haviam construído um deque no pequeno atracadouro. Levava os passageiros para a ilha, mostrava a casinha do observador de pássaros, falava do velho que amava a solidão e a compartilhava ocasionalmente com uma gaivota adestrada que, depois de ter sido atingida por um tiro, não conseguia mais voar.

Quando ele entrou e pagou a passagem, pareceu-me que já o conhecia. Depois – ele tinha encontrado um lugar na popa – eu nem duvidei mais de que era ele, aquele Colin, cuja fotografia eu vira no quarto de Stella. Trajava um capote de linho sobre uma camisa xadrez, tinha uma semelhança espantosa com Colin, só quando ele falava, quando se voltava para sua vizinha gorda e lhe explicava alguma coisa, fazendo muitos gestos – provavelmente a conduta durante um naufrágio –, comecei a duvidar, por pouco tempo, diga-se de passagem, pois quando ele olhava para mim, inquiridor, deixando passar um certo constrangimento, estava claro para mim que ele era Colin, Colin que resolvera aparecer, na esperança de encontrar Stella. *"Stella with love, Colin."* Quando atracamos, ele ajudou os passageiros mais idosos a desembarcar e durante a volta pela ilha foi ele quem fez a maioria das perguntas, contou-nos que gostava de colecionar ovos de gaivotas, mas que não era a época.

Depois, ele teve aquele ataque de falta de ar, não foi na cabana, foi no tronco de árvore encalhado em que nos sentamos para observar as ondas que lambiam a praia. Primeiro, ele pigarreou, depois, jogou a cabeça para trás e, ofegante, colocando as mãos no pescoço, com movimentos circulares, tentou pegar ar. A expressão já não era mais de interrogação, agora me olhava pedindo ajuda, procurando algo nos bolsos da calça. "Não estás passando bem?" "Meu spray", disse ele, "Sanastmax, esqueci meu spray no hotel." Perguntei aos outros passageiros, pouquíssimos quiseram voltar para o hotel, eu o levei a bordo e de volta para o Seeblick. O funcionário da recepção conduziu o asmático, que ainda ofegava pesadamente, até um sofá, ouviu o que este precisava – "na mesinha de cabeceira, o inalador está na mesinha de cabeceira" –, com um gesto certeiro tirou uma chave do quadro e subiu as escadas apressadamente. A sós com o homem que parecia ser Colin e que durante algum tempo considerei como sendo ele, eu decidi ter certeza: puxei uma cadeira e me sentei a seu lado, disse que não precisava dos agradecimentos que ele proferia com dificuldades. A festa da praia de Hirtshafen, falei-lhe da nossa festa, da qual poderia ter participado se apenas tivesse chegado alguns dias antes, o público vinha de toda parte, até meus professores participavam. O assunto não o interessava, ele não quis saber, mesmo assim tive a sensação de que às vezes ele me olhava com olhar inquiridor. Só o homem da recepção me trouxe a certeza. Quando trouxe o aparelhinho de inalação, disse: "Ligaram para o senhor, doutor Cranz, foi de Hanôver, o carro chega amanhã." Embora eu o tivesse surpreendido naquela manhã, ele nem sequer tomou conhecimento da minha presença, pelo jeito, não se lembrava do nosso encontro.

Em casa, reli mais uma vez a carta de Stella, a li várias vezes. Pensando na cabana do observador de pássaros, resolvi escrever para Stella, simplesmente precisava fazê-lo. Sem hesitar, escrevi: "Amada Stella", e logo contei como tudo em Hirtshafen estava sem graça sem ela, "muita gente idosa, passeios tediosos, aquele eterno fedor de peixe e um vento leste constante, que não muda nunca." Em seguida, apresentei-lhe meus planos que, enquanto eu escrevia, me entusiasmavam cada vez mais e até me deixavam feliz. Esbocei um plano para nós dois: "Imagina, Stella: nós nos mudarmos para a cabana do observador de pássaros, eu e tu, e no deque eu vou colocar uma placa dizendo: 'Proibido atracar.' Vou consertar o telhado, colocar uma tranca na porta, juntar lenha para o fogão e comprar algumas conservas e mantimentos na loja de equipamentos náuticos. Nada nos faltará." Finalmente, criei a expectativa de irmos nadar juntos, mas principalmente que, logo depois de acordar, já estaríamos disponíveis um para o outro. Como pós-escrito, ainda me lembrei da seguinte frase: "Quem sabe, poderemos viver juntos." Primeiro, eu quis assinar com *"Yours sincerely"*, mas acabei escolhendo *"Yours truly,* Christian". Pus a carta num envelope e o coloquei dentro da gramática inglesa, para mais tarde.

Enquanto eu ainda estava pensando na carta, ele me chamou para descer, um comando breve. Meu pai estava na janela aberta, binóculo na mão, apontando para a enseada: "Vê isso, Christian." Ali estava nosso barco e, não muito distante dele, nosso rebocador, o *Ausdauer*, unidos por uma corda que não estava esticada, e sim solta, caindo na água. Através da vidraça consegui enxergar que o nosso barco estava carregado, consegui também reconhecer Frederik no rebocador, em pé, na popa, com um gancho náutico na mão, tentando futucar algo. "Vem, vamos", disse meu pai, e nós fomos até o deque onde estava nosso bote, eu saí remando e atracamos junto ao rebocador.

Com que rapidez meu pai compreendeu a situação! Frederik nem precisou lhe contar que o rebocador tinha caído numa rede de peixes sem sinalização, e ele já me passou a máscara e o facão. "Desce para ver." Com a fúria de seus giros, a hélice tinha entrado na rede e se emaranhado até parar de girar, um pedaço da armação da rede ainda pendia para baixo. Antes de emergir e contar o que havia descoberto, comecei logo a trabalhar com o facão, uma cavala, sufocada, estava presa na malha, eu a cortei com a faca e, sempre subindo para buscar ar e voltando a mergulhar, também cortei a corda dura da rede, encerada. Se o facão tivesse serra, teria sido mais fácil para mim soltar a hélice do emaranhado, mas precisei cortar fazendo pressão, até finalmente conseguir desfazer o amarrado. Meu pai e Frederik elogiaram meu trabalho, comunicaram-se com poucas palavras sobre o que deveria ser feito em seguida.

O motor do nosso rebocador se revelou confiável. Avançamos devagar, muito devagar, a corda amarrada em nosso barco saiu da água, se retesou e se esticou com tanta força que o barco começou a se movimentar, obediente, virando e seguindo o rumo do rebocador. Eu achei que iríamos carregar as pedras até a entrada do porto para aumentar o quebra-mar, mas meu pai decidiu fazer outra coisa: antes do quebra-mar, ancoramos, Frederik foi até o molinete e, como sempre fazia, tirou pedra após pedra, conduziu-as para o lado de fora e as colocou no fundo do mar. Dessa vez, ele não me mandou descer para examinar a situação das pedras, meu pai considerou suficiente colocá-las no fundo do mar para que, como explicou, pudessem refrear o primeiro ímpeto das ondas que chegavam e que depois seriam barradas pelo quebra-mar na entrada do porto. O efeito desse trabalho não ficou logo visível, mas depois de afundar quase todas as pedras deu para ver como as ondas que chegavam num ritmo preguiçoso se transformavam, elas subiam e davam cambalhotas, desmoronavam, sumiam deixando bolhas, tornando-se tão fracas que se desfaziam, exaustas, sem forças de se reunir mais uma vez, antes de se reerguer.

Um barco a remo apareceu perto da ilha dos Pássaros; movido a golpes lentos, rumava para Hirtshafen, pelo menos por um instante, até que, inesperadamente, virou-se e veio em nossa direção, e o remador acenou algumas vezes e nos deu a entender que queria atracar junto ao nosso barco. Meu pai tirou o binóculo da cara, ele disse: "Mathiessen, o velho observador de pássaros"; em seguida, deu-me um sinal para que eu ajudasse o velho a subir a bordo. Com uma entonação de leve interrogação, eles pronunciaram seus nomes ao apertarem as mãos. Wilhelm? Andreas? Era o seu jeito de se cumprimentar. Beberam rum, os velhos companheiros, fazendo perguntas um ao outro, como ia em casa, quais eram os planos e a saúde, e assim eu soube que Mathiessen tinha largado o seu posto. "Arrumei minha trouxa, Wilhelm, reumatismo. Por enquanto, a estação de observação continua vazia." Ele contou que acabara de ir à cabana pela última vez para buscar alguns pertences e as anotações do ano passado. "Não mudou muita coisa." Eles ainda mencionaram um exercício de salvamento da marinha em alto-mar, na qual um militar perdeu a vida, depois eu fui incumbido de rebocar Mathiessen até Hirtshafen. Ele ficou sentado ao meu lado no bote, segurando o cachimbo com os dedos tortos de reumatismo, como se quisesse protegê-lo contra um ataque, e de vez em quando cerrava os olhos. Não pareceu surpreso quando eu lhe perguntei o que iria acontecer com a sua cabana, apenas deu de ombros. Perguntei se ele pretendia vendê-la, e ele: "Um troço daqueles, Christian, não se põe à venda." "Ela vai ficar ali, em pé?" "Por mim, que fique, pode servir de esconderijo ou de abrigo a alguém." "Abrigo?" "Sim, com tempo ruim." "Mas não é tão frequente alguém se perder por lá." "Não diga isso, há pouco tempo estiveram pessoas na cabana, quem sabe procuraram abrigo, talvez quisessem apenas ficar a sós – eu vejo isso logo, eu sinto." Ele meneou a cabeça, como se para confirmar o que estava dizendo. "De vez em quando, não sentes falta de alguma coisa?" "Nunca", disse ele, "até agora, nunca senti falta de nada, e isso me dá o que pensar. Às vezes, eles esquecem algo, uma barra de chocolate aberta, um grampo de cabelo, mas ninguém que procura abrigo leva alguma coisa – é assim, rapaz, é assim." Durante nosso percurso ele jogara um anzol, uma linha longa, duas iscas artificiais, antes da entrada do porto ele os recolheu e ficou feliz com as duas bicudas. Depois que amarrei seu barco, ele me deu os dois peixes e disse: "Leve para casa, Christian, tua mãe certamente vai colocá-los em aspic, esses caras precisam ficar em aspic. E manda lembranças", disse ele, dando-me uma palmada no ombro como despedida.

Embora a foto que nos mostrava entre castelos de areia na praia já estivesse no meu quarto há alguns dias, minha mãe não parecia ter reparado, pelo menos não a tirou do lugar, não fez perguntas. Certa vez, no entanto, ela a levou à luz e a examinou – foi no dia em que eu estava estudando um ensaio de Orwell, e ela estava colocando-a de volta em seu lugar quando, de repente, algo chamou sua atenção: ela se sentou à janela, voltou a examinar a foto, tentou perscrutar e captar o que ela ainda não sabia. Uma expressão de insatisfação surgiu em seu rosto, pelo jeito ela se deu conta de que não sabia tudo sobre mim – como antes – e que, de certa forma, ela me perdera. Ela insistiu em saber de tudo: provavelmente, por uma antiga necessidade de me poupar decepções e enganos e dores dos mais diferentes tipos. Quanto tempo ela mergulhou em silêncio na fotografia, eu não podia crer que pudesse reconhecer alguma coisa específica ali, eu estava prestes a dizer alguma coisa quando ela finalmente constatou, naquele seu jeito lento de falar: "Mas ela parece bem mais velha do que ti, Christian, esta mulher do teu lado." "É a minha professora de inglês", disse eu, "nós nos encontramos por acaso na praia." "Uma bela mulher", disse minha mãe, e perguntou, "ela tem filhos?" "Pelo que sei, ela não é casada." "Uma mulher muito bonita", repetiu minha mãe. Depois dessa constatação, ousei propor: "Se não tiveres nada contra, eu a trago um dia para um café." "A tua professora?", perguntou, incrédula. "Por que não?", disse eu, "se eu a convidar, ela virá com certeza, ela é muito simpática." "Isso se vê", disse minha mãe, acrescentando: "Vocês se gostam, isso se vê." Sem mais uma palavra, ela colocou a foto de volta em seu lugar, passou a mão no meu cabelo e me deixou sozinho.

Como ela sabia mais do que deu a entender – ou, se não sabia, intuía, percebia – era um segredo só seu. Eles conversaram na cama a meu respeito, eu escutei porque a porta estava entreaberta, haviam voltado tarde para casa.

Meu pai não reparara ainda na foto, num primeiro momento não pareceu muito surpreso por eu ter colocado uma fotografia minha com Stella na minha mesa; ele disse: "Ah, Jutta, isso acontece, todo rapaz tem a necessidade de idolatrar alguém, principalmente quando a professora é bonita." "Se fosse apenas idolatria", disse minha mãe, "não tenho nada contra idolatria, mas no caso de Christian é mais do que isso, acredite, é mais." "O que mais pode ser?" "Do jeito que estão ali sentados na praia, felizes, de mãos dadas, e se olhando, se é levado a acreditar que estavam esperando um pelo outro." "Quem sabe, Christian se sente apenas atraído por ela. Conheço sua professora, ela é muito bonita." "Naquela foto não falta muito para se abraçarem, é isso que pensamos." "Christian já tem 18 anos, Jutta." "Pois é", disse minha mãe, "e essa professora, ela é bem mais velha do que ele." "E daí? Às vezes, há vantagens nas diferenças de idade." Tive de rir quando, depois de um momento, com outra voz, uma voz mais divertida, disse: "Nós dois já falamos sobre isso, faz muito tempo." Mesmo depois dessa alusão a uma experiência comum, minha mãe não se mostrou despreocupada, ela mencionou Christine, minha colega de escola, que já viera algumas vezes para me convidar para um churrasco e sempre saiu decepcionada. Meu pai tomou seu tempo para responder. "Às vezes, é assim, não se sabe bem o que aconteceu, às vezes, fica-se indefeso." Involuntariamente, eu me ergui na cama, nunca antes ouvira meu pai falar daquele jeito, pensei em abrir um pouco mais a fresta da porta, mas não o fiz, pois pelo jeito eles não tinham mais o que falar, desejaram-se uma boa noite.

Não te surpreenderás, Stella, em saber que logo no dia seguinte eu peguei nossa fotografia para tentar achar o que minha mãe acreditou ter descoberto, mas não encontrei nada que pudesse lhe dar razão ou confirmar sua intuição.

Como se isso me aproximasse mais de Stella, decidi me voltar mais uma vez para o ensaio de Orwell, eu admito que me faltavam alguns pré-requisitos para a compreensão, mas aquilo que ele previa sobre a recepção crítica de *A revolução dos bichos* me deu o que pensar. Sua expectativa era que seu livro fosse compreendido como parábola para o surgimento e a prática de qualquer ditadura – com uma exceção, a ditadura russa; segundo o autor, esta não poderia ser submetida a uma comparação pejorativa. Eu decidi não falar somente sobre isso com Stella, mas também – como fez Orwell – sobre a liberdade de imprensa em situações extremas, como, por exemplo, durante uma guerra. Fiquei imaginando como discutiríamos o assunto em sala de aula, cada um se sentindo convidado a dizer sua opinião. Mas isso não aconteceu.

Lembrei-me de como nossa cidade de Hirtshafen despertou de seu sono quando de repente foi elevada ao nível de um local de conferência. Especialistas em pesca de sete nações se reuniram para votar os assuntos que os ocupavam e, principalmente, para preparar documentos para seus governos. Os especialistas – dois deles tinham nível ministerial – ficaram hospedados no Seeblick, diante do qual, dia e noite, ficou estacionado um micro-ônibus VW verde; o hotel estava cheio de bandeiras.

Jamais imaginaria que Stella fosse assumir publicamente sua relação comigo durante aquele evento, não com palavras, mas por meio de um gesto. Ela fora escolhida para a posição de assistente de intérprete, substituindo o tradutor simultâneo do especialista escocês, acometido por uma gripe. Bem-humorada, mas também um pouco contrita, ela falou dessa missão, contrita porque precisou admitir que não entendia nada de peixes. "Vê só, Christian, sempre surge uma oportunidade para aprender." E ela aprendeu como dizer ruivo em inglês, linguado, lúcio, no caso de cavala e arenque não havia dúvidas para ela. Durante a recepção de abertura da conferência, eu tive mais do que um motivo para me espantar: os especialistas em pesca de sete nações se cumprimentavam com tanto exagero, como se tivessem sofrido uma dolorosa separação e como se a alegria de se rever lhes exigisse uma postura especial. Era um tal de apertar a mão e bater no ombro, abraços e exclamações! Parecia que no terraço do Seeblick estava acontecendo uma comemoração familiar, uma comemoração longamente esperada. Quando a delegação se preparou para ir para o grande salão – Stella me convocara para participar da conferência, "Simplesmente vai e presta atenção" –, eu segui um casal que avançava, abraçados, ambos portavam um crachá em que se via um peixe-voador, provavelmente uma truta marinha. Stella também usava um crachá daqueles. Antes de entrar no grande salão, alguém me agarrou pelo braço com mão de ferro, puxando-me para o lado; um segurança alto me perguntou, nem um pouco zangado: "Delegado?" e como eu não respondi logo, chamou um colega, que me agarrou pelo pulso e quis me puxar até um canto onde havia umas plantas. Stella viu a cena, veio com passos enérgicos em nossa direção e, com um tom de voz que eu nunca tinha ouvido, disse para os homens: "Deixem meu assistente em paz, imediatamente", apontando para o seu crachá. Tu puxaste minha mão, os dois seguranças se entreolharam, indecisos, de qualquer maneira me largaram e nós fomos juntos até o grande salão. Achei um lugar na primeira fila, diante da tribuna. Stella subiu até onde estava seu delegado, um especialista em pesca escocês com barba, de olhar calmo.

Um especialista em pesca norueguês fez a saudação inicial, dirigiu-se à plateia com *"My dear friends and colleagues"*, seu inglês era bastante cantado, por meio do intérprete ele anunciou a boa-nova de que a última regulamentação de quotas para a pesca de arenques no mar do Norte trouxera os resultados esperados. Essa constatação foi seguida de aplausos, tive a impressão de que todos haviam contribuído para este êxito. Ainda houve dois breves discursos, o especialista escocês falou olhando para suas anotações, previu que a enguia dentro de pouco tempo sumirá das nossas águas se não forem adotadas medidas de proteção; não atribuiu a culpa por essa situação apenas à pesca desenfreada, mas também às modificações nas correntes marítimas do Atlântico, que não eram simpáticas aos pequenos alevinos de enguia que ainda chegavam até nós, lá do mar dos Sargaços. Stella só pediu alguns poucos esclarecimentos, de vez em quando se socorreu circunscrevendo a palavra com outras expressões, percebi isso pela sua hesitação, pela quantidade de palavras que usava. O especialista escocês lhe agradeceu, insinuando uma reverência e lhe passando um bilhete, sorrindo – para parabenizá-la, imaginei. Depois, vim a descobrir que ele desenhara Stella como sereia, com um belo rabo de peixe curvado. Tu eras tão bela, parecias ter vindo de um conto de fada, que eu teria te seguido para qualquer lugar, até o fundo do mar.

A ele, o especialista escocês, coube mais tarde anunciar um intervalo. Risonho, apontou para o bufê coberto com toalhas e disse: *"The Bazaar is open."*

Stella acenou para ele; fomos juntos até o bufê, ela não escutou meu elogio. Como se fosse sua tarefa, ela pegou meu prato, explicou o que eram as comidas e me deu algumas provas. Quanta variedade! Só o arenque estava presente em pelo menos doze opções diferentes, com ervas, com aspic, defumado, frito e naturalmente do tipo Matjes, ou então com pedaços de pepino enrolados ou com fatias de ovo. Ao lado brilhavam tiras de salmão cor-de-rosa, filés de halibut e quadradinhos de atum vermelho-escuros, filés de linguado, rolinhos de lúcio e pedaços pálidos de tamboril – toda a bênção do mar estava posta à mesa para os especialistas em pesca de sete nações; o fato de não haver enguia não me surpreendeu. Uma vez eu topei com o especialista escocês, que examinou meu prato com olhar de aprovação; depois de se desculpar educadamente, ele me perguntou se eu era pescador, pescador nativo; e quando eu então respondi que apenas pescava pedras, ele riu, provavelmente achou que era piada.

Não me escapou que ele procurava ficar perto de Stella; não importa com quem estivesse falando, seu olhar sempre passava pelo seu interlocutor para buscar Stella. Ao comermos uma cavala feita no vapor, ela me mostrou o desenho dele. Ele te retratara de longos cabelos, grandes olhos sonhadores; ao ver teu rabo de peixe encurvado e com escamas, senti um desejo imediato de te tocar. Ela não me furtou a sua mão, bem à vontade, acenou para um especialista em pesca polonês. "Até já, já estou indo", e, ao se virar, disse para mim: "Hoje à noite, Christian, eu te espero, é só bater na janela" e, olhando para o desenho, acrescentou, sorrindo: *"Come and see."*

Os especialistas em pesca demonstraram que também apreciavam música ao aplaudirem um cantor contratado pelo seu presidente. Acompanhando suas canções ao violão, falou de saudade e do elemento deles, do mar, do vento, e não por último de uma mãe preocupada que espera a volta do filho distante; aplaudiam marcando o ritmo.

Stella também aplaudiu e, quando alguns dos especialistas, depois, foram até o bar, ela não os acompanhou.

Depois de uma breve conversa com um delegado – ele achou que me conhecera no Instituto Biológico da Pesca em Bergen –, reparei que Stella não se encontrava mais na sala; saí do Seeblick, perambulei pela praia e desci o caminho que margeia o litoral, lentamente, pois queria que ela tomasse seu tempo. Pleno de expectativa, decidi que iria conversar com Stella sobre o futuro, sobre o nosso futuro, queria apresentá-la ao meu projeto de uma vida em comum, eu rascunhara este projeto por achar ter direito à durabilidade das minhas sensações. Assim, segui o caminho de Scharmünde. Havia luz no quarto de Stella, um pequeno abajur de leitura, mas ela não estava lá; passei por cima da cerca baixa, esgueirei-me até os girassóis e espiei pela janela da cozinha, e ali vi os dois: Stella vertia um líquido de uma caçarola para uma tigelinha, e ele, o velho telegrafista, estava sentado num banco, olhando para ela, com expectativa. Enquanto ela trabalhava, falava com ele de vez em quando algo muito breve, como se quisesse abafar sua impaciência; fiquei admirado em ver com quanta atenção o pai a observava, principalmente quando ela começou a cortar o pão; parecia ser um pão pesado de camponês, do qual ela cortava fatias com os lábios pressionados. Ela estava em pé, calculando o corte da faca, fazia força, toda a força que tinha, às vezes soprava em seu rosto com o lábio inferior para a frente. Colocou a tigelinha e o pão para o pai, sentou-se a seu lado e assistiu a ele comendo, comendo rápido, com uma visível fome de velho, até mesmo uma gula de velho. Como se para elogiá-lo, ela bateu em seu ombro e, quando ele esfarelou a última fatia de pão na tigela, ela lhe deu um beijo na testa e o velho telegrafista pegou sua mão, segurando-a por um momento, sem dizer palavra.

Eu saí do meu lugar entre os girassóis, dei a volta na casa, dei mais uma olhada no quarto de Stella e voltei para casa, já na escuridão, de acordo comigo e com meu propósito de lhe escrever logo um bilhete explicando por que eu não batera à sua janela. Eu não conseguira, aquela imagem da cozinha diante dos meus olhos, não conseguira.

Ainda estava escrevendo quando alguém arranhou minha porta, não bateu, mas arranhou, como fazem cães ou gatos quando querem entrar.

Sonja estava diante da porta, descalça, em seu vestido sem mangas; a pequena vizinha nem me cumprimentou, simplesmente entrou, como fazia tantas vezes, e à minha observação "Já devias estar dormindo há muito tempo" disse: "Estou sozinha em casa." Segura, aproximou-se da minha mesa, subiu na cadeira, sorriu e colocou algo na mesa. "Para ti, Christian, achei para ti." Diante do retrato meu com Stella estava um pedaço de âmbar, menor do que um dado, irregular nos cantos, mas claro e liso no meio. "Achaste isso na praia?" "Estava numa alga, uma alga solta." Eu lhe dei minha lupa e Sonja procurou, procurou detalhadamente, claro que ela sabia o que se poderia esperar numa pedra de âmbar, e como se ela tivesse esperado por aquilo, ela disse: "Isso mesmo, Christian, tem alguma coisa aí dentro." A lupa foi passada de um para o outro, nossa busca foi bem-sucedida, nós confirmamos o êxito: "Um besouro, Christian, um pequeno besouro!" E eu acrescentei: "E uma mosca, ambos não prestaram atenção quando a lágrima de resina caiu e agora vão ficar dentro do âmbar para sempre." Essa explicação lhe bastou, ela se deu por satisfeita. Mais do que os insetos presos, ela se interessou pela foto de Stella comigo; ela pegou o retrato. "Sua professora, não é?" "Sim, Sonja, é a Frau Petersen, minha professora." Ela sopesou longamente o que a foto revelava e, de repente, perguntou: "O que existe entre vocês?" "Por que queres saber?" "Se há um sentimento forte, tu certamente passarás de ano." "Isso eu vou conseguir de qualquer maneira", retruquei. "Daqui a pouco ela vai ser minha professora também!" "Vais gostar dela, Sonja, a aula dela é muito boa." "E se ela vier morar aqui, eu posso continuar vos visitando?" "Sempre, tu sempre poderás nos visitar." Ela refletiu um pouco, não tive dúvidas de que ela queria fazer mais perguntas, minha relação com Stella a ocupava, mas ela foi chamada, eu logo reconheci a voz da mãe, uma voz cortante, antipática que, como às vezes pensava, irritava até os pássaros aquáticos na baía. Eu agradeci a Sonja pelo pedaço de âmbar e prometi deixá-lo ali, junto da fotografia.

Novamente a sós, tirei a caderneta de poupança da gaveta, havia muito tempo que eu não a abria, a caderneta que me deram na Confirmação com uma quantia de cem marcos e que agora apontava para um patrimônio de 240 marcos. Decidi tirar 150 marcos, não sabia para que iria usar o dinheiro, apenas queria tê-lo comigo, para todos os casos.

Meu pai suspeitou que eu estivesse obedecendo a necessidades secretas quando, em nossa traineira, eu lhe propus que pensasse em mim, em meu trabalho nas férias e depois da escola, com mais frequência e maior generosidade. Ao voltarmos para casa – estávamos a bordo, fumando –, eu lhe perguntei se ele poderia estabelecer honorários fixos para minha atividade, pelas excursões no *Katarina*, pelo trabalho no barco com as pedras. Nunca antes ele olhara para mim tão espantado, espantado e também desconfiado. Primeiro, ele perguntou: "Para que precisas do dinheiro?" Diante do meu silêncio, ele quis saber como deveria me remunerar. Expliquei-lhe meus cálculos e mostrei que ficaria satisfeito com uma recompensa de cinco marcos por excursão e outros cinco marcos pelo meu trabalho com as pedras. Ele fez como se estivesse recalculando esses valores, talvez relacionando-os com o salário de Frederik, que eu conhecia, de todas as maneiras nem ao menos fez uma contraproposta e, depois de um instante, perguntou: "Mas, Christian, pretendes continuar morando conosco?" Eu não deixei de perceber a fina ironia, não encontrei respostas para a sua pergunta. Fiquei até aliviado porque ele me poupou dela. Meu pai me olhou com expressão encorajadora, me cutucou e disse: "Vamos", e nós saímos do barco e caminhamos pela picada para casa, e no galpão ele pousou uma mão no ombro e deixou-a ali até a porta da nossa casa. Pelo jeito, lembrou-se de alguma coisa que tinha de resolver, voltamos até o galpão, ele me puxou para dentro e, mudos, fomos até a escada que levava para um pequeno sótão. Naquele exato momento eu entendi o que ele pretendia; atrás de cordas velhas e varas de bambu estava meu esconderijo que ele descobrira e para cujo conteúdo queria uma explicação. Havia ali algumas latas de conserva, dois sacos de farinha, frutas secas, macarrão, torradas. Quem via aquilo teria de supor que eu pretendia sair para uma longa viagem. Meu pai apontou para aquele estoque de provisões e, com admiração fingida, disse: "Isso aí vai durar algum tempo, quer dizer, para um lar próprio." Dessa vez, consegui achar uma resposta, contei para ele que nossa turma iria fazer uma excursão, acampando alguns dias; ele sorriu, não tive certeza se estava acreditando em mim. Depois de nos separarmos, ele já estava na escada, e voltou à minha proposta. Como quem não quer nada, disse: "Tudo bem, Christian, é só anotar as horas trabalhadas."

Frederik sempre carregava sua garrafinha de bolso, não importa se estava trabalhando no barco ou no rebocador, se estava sentado no banco diante do galpão ou indo para a ilha dos Pássaros: de vez em quando, tirava-a do bolso da camisa e a colocava na boca; era uma garrafinha de metal num estojo de couro cheia do rum de sua preferência. Foi o que deve ter feito também naquela tarde, próximo do Seeblick, quando a força do vento aumentou, oferecendo um divertido espetáculo de férias aos espectadores da ponte de madeira. Eu não duvidei que o bote seria levantado por uma onda quando ele quis ligar novamente o motor externo (ele), caiu na água, e nadou, nadou, enquanto o bote ainda se movimentava, mas não em linha reta, e sim dando voltas em torno do nadador, voltas amplas, às vezes mais estreitas. Na tentativa de agarrar a corda do bote, o nadador correu o risco de ser empurrado para dentro da água, mergulhou para o lado, às vezes eu era levado a crer que o bote estava em seu percalço, ele se salvava com rápidas braçadas.

Rajadas repentinas anunciaram um temporal, uma das primeiras traineiras que voltavam de alto-mar deu a volta, socorreu Frederik, rebocando o bote, e todas as traineiras acorreram para a segurança do porto. Os espectadores na ponte se dispersaram, os garçons guardaram os guarda-sóis, toalhas de mesa e guirlandas do restaurante do Seeblick. Duas traineiras de alto-mar que haviam pescado bacalhau também se recolheram. Longas ondas vieram rolando, subindo, como se tivessem sido puxadas, antes de arrebentar, fazendo intuir a força da sua queda. As nuvens, escuras, baixas, rasgavam o céu. De repente, eu o vi, vi aquele veleiro de dois mastros, que veio cruzando para dentro da nossa baía, veio vindo constantemente sob um vento nordeste severo. Embora não conseguisse ler o nome, logo soube que era o *Polarstern*, que estava trazendo Stella de volta para casa, de volta para mim. Depois de um golpe que deu para reconhecer, ele veio navegando energicamente por um momento, com as velas cheias, não havia dúvida de que seu alvo era o porto. Eu pulei da ponte para a praia e corri até o molhe; ali também havia gente que observava a volta das traineiras, entre eles o velho Tordsen, que não havia sido chamado nem eleito, mas por um acordo tácito era o comandante do nosso porto. Ele, o comandante do porto, só tinha olhos para o veleiro, nem precisou adivinhar o que a tripulação pretendia fazer. Como se tivesse que dar instruções, ele falava à meia-voz para si próprio, dando recomendações ou alertas: "Tirem a vela grande, entrem com a força do motor, deixem a vela de proa, só a vela de proa, fiquem aí, joguem a âncora." Ele falava contra o vento, soltando palavrões, gemendo, acompanhando cada fase da manobra, eu estava pouco atrás dele, senti um medo me invadindo, e com o medo, uma dor desconhecida. Não era possível distinguir quem estava no leme do *Polarstern*, havia vários vultos a bordo. Uma vez, ele ameaçou adernar, mas uma poderosa rajada recolocou-o em seu rumo, e parecia que o veleiro chegaria até o porto em alta velocidade. Mas, de repente, o barco subiu, subiu exatamente no local onde havíamos afundado à última carga de pedras, uma força inesperada o fez passar por cima da barreira. "Idiotas", gritou Tordsen, "seus idiotas"; ele e eu fomos obrigados a assistir à popa afundando e logo em seguida sendo jogada para o alto; parecia sacudir e depois despencou lateralmente, voando em direção ao muro de pedras da entrada do porto, subiu novamente e bateu no muro de pedras. O mastro da frente quebrou e caiu no convés, girou para o lado e arrastou dois dos vultos, jogando-os no espaço entre o muro de pedras e o casco do navio. "Eles vão ser esmagados", gritou Tordsen, e me deu a ordem: "Vamos, Christian, força, ajude-os a ficar longe do muro."

Éramos três que ficaram pendurados na parede do casco, tentando manter o barco, que subia e descia, distante do muro de pedras, mas não conseguimos evitar que ele se esfregasse nelas em movimentos bruscos, subindo, rangendo, e quando a brecha se alargava por um momento, abaixo de mim, na água, eu via dois corpos inertes, flutuando. Descer ali era arriscado demais Tordsen acenou para uma traineira, o pescador nos entregou uma corda com gancho de ferro, um gancho dos que se usam para pescar as redes que saem flutuando – e nós começamos a usar o equipamento cuidadosamente.

Primeiro, içamos um jovem, espetando o gancho em seu casaco; nós o içamos a bordo, o pusemos deitado, um deles começou a massagear seu peito para reanimá-lo. Eu não permiti que pescássemos o segundo corpo, eu logo reconhecera Stella, a boca dolorosamente entreaberta, o cabelo caindo na testa, os braços pendendo sem vontade, mandei que me amarrassem com a corda e entrei naquele vão, me apoiava com as pernas para manter o veleiro afastado do muro, inclinei-me bem para baixo e busquei pegar com os braços, pegando duas vezes no vazio, mas finalmente consegui pegar seu pulso, peguei firme, abracei-a com a outra mão e, a um sinal meu, eles nos içaram para cima.

Como estavas deitada no convés, Stella, imóvel, com os braços esticados, não consegui saber se ainda respiravas, vi apenas que saía sangue de uma ferida em tua cabeça!

Senti o desejo de acariciar teu rosto, ao mesmo tempo senti um estranho receio de tocá-la, não sei por quê, talvez porque não quisesse testemunhas durante a intimidade da carícia. Esse receio não durou muito tempo; quando Tordsen mandou que o pescador fosse chamar a ambulância, imediatamente eu me ajoelhei ao lado de Stella, juntei suas mãos por cima do peito e pressionei, bombeando, como havia visto fazerem tantas vezes, até que a água começasse a sair de sua boca, primeiro numa pequena golfada, depois em fracas expectorações. Como seus olhos estavam fechados, eu disse, eu pedi: "Olha para mim, Stella", e agora acariciei seu rosto e repeti meu pedido: "Olha para mim, Stella." Você abriu os olhos, um olhar longínquo, um olhar que não compreendia, repousava sobre mim, eu não parava de acariciá-la, lentamente seu olhar mudou, como se estivesse buscando algo, perguntando, certamente ela estava procurando algo no solo da memória. "Christian", quando você mexeu os lábios, achei que estava pronunciando meu nome, mas eu não tive certeza, mesmo assim, eu disse: "Sim, Stella", e disse ainda: "Eu vou te levar para um lugar seguro."

Os dois homens da ambulância chegavam ao molhe com uma maca, mas já no veleiro mudaram de ideia, armaram uma lona verde no convés, colocaram Stella cuidadosamente naquele tecido duro, para que seu corpo estivesse envolto na hora de ser carregado, então os homens se comunicaram com um breve aceno de cabeça e tiraram a carga do convés. Com seus movimentos, o corpo de Stella balançava um pouco, foi difícil para mim suportar aquela visão, de repente tive a sensação de eu mesmo estar sendo carregado naquela lona. Eles depositaram a carga diante do carro, puseram a maca ao lado e transferiram Stella, e depois de afivelar os cintos, empurraram a maca para dentro do carro. Sem pedir permissão, eu me sentei no banquinho ao lado da maca, um dos homens quis saber se eu era parente, eu disse "sim" e ele me deixou sentar ali, bem próximo do rosto de Stella, que agora tinha assumido uma expressão de total indiferença ou então de fatalismo. Durante a viagem nós nos olhamos o tempo todo, não falamos, nem ao menos tentamos falar, um dos homens telefonou para a recepção de um hospital e anunciou nossa chegada. Já estávamos sendo esperados na entrada coberta da recepção, um jovem médico nos recebeu, conversou rapidamente com os dois homens; quanto a mim, mandou-me para um escritório, para uma enfermeira velha, que apenas desviou seus olhos rapidamente de sua mesa de trabalho. Enquanto ela escrevia, perguntou: "Parente?", e eu disse: "Minha professora"; isso pareceu espantá-la, ela se virou para mim, me olhou, curiosa, não parecia estar preparada para esta resposta.

A ideia de visitar Stella no hospital não foi minha, foi Georg Bisanz quem me fez a proposta no final da aula, ele conhecia os horários de visitação, tinha estado lá várias vezes para visitar a avó, a qual, como ele disse, estava aprendendo a andar pela segunda vez e esperando que os cabelos lhe voltassem a crescer.

Saímos em quatro e, quando a enfermeira velha soube que queríamos visitar nossa professora, nos cumprimentou gentilmente, disse o andar e o número do quarto, e para Georg ela disse: "Tu és de casa." Stella estava num quarto individual, entramos em silêncio, avançamos lentamente até a cama, deixaram que eu fosse na frente, um observador poderia até pensar que estavam tentando se esconder atrás de mim. Quando entramos, Stella virou a cabeça; num primeiro momento parecias não nos reconhecer, seu rosto não mostrava nem alegria, nem surpresa, nem desamparo, apenas olhava, olhava; só quando eu me aproximei dela e peguei sua mão, que repousava no lençol, ela ergueu a vista e me olhou, surpresa, pareceu-me que estava sussurrando o meu nome.

Georg Bisanz foi o primeiro de nós que se recompôs, ele sentiu a necessidade de dizer alguma coisa, e, dirigindo-se a Stella, disse: "Cara Frau Petersen" e calou – como se tivesse conseguido saltar a primeira barreira –, continuando depois de um breve intervalo: "Soubemos do teu infortúnio, cara Frau Petersen, e viemos para te desejar tudo de bom. E por saber que a senhora gosta de frutas cristalizadas, em vez de flores, nós trouxemos um pouco dessa tua iguaria predileta, fizemos uma vaquinha." Stella não reagiu às suas palavras, nem mesmo com aquele seu sorriso condescendente tão familiar para nós. O pequeno Hans Hansen, que usava calças curtas e meias até no inverno, também achou que devia dizer alguma coisa. Muito sério, ele se ofereceu para ajudá-la, caso necessitasse de ajuda. Stella apenas precisava dizer o que ele poderia fazer, "uma só palavra, Frau Petersen, e tudo vai dar certo!" Mas Stella também reagiu com indiferença a essa oferta, voltada para dentro, estava ali, eu senti que também não a alcançaria, pelo menos não enquanto meus colegas estivessem presentes. Meu desejo de estar a sós com ela se tornou cada vez mais forte, cada vez mais intenso.

Também não me lembro como foi que Georg Bisanz teve a ideia de cantar para Stella, de cantar sua canção predileta, que nós aprendemos com ela, a canção "The Miller of the Dee". Georg começou e todos fizeram coro, sem querer nos vimos novamente em sala de aula, vimos Stella regendo alegremente, encorajando-nos a soltar a voz; cantamos em alto e bom som, com entrega. Era a única música que sabíamos cantar em inglês, ela a cantara algumas vezes para nós. Per Fabricius ficara tão animado com a voz dela que pedira que cantasse outras músicas, até mesmo hits, pensando em "I've got you under my Skin". Enquanto cantávamos, olhávamos para ela, a fim de vislumbrar um eco, mas seu rosto não expressou nada, e eu já estava quase me conformando com sua inatingibilidade quando aconteceu algo que me deixou feliz: lágrimas apareceram em teu rosto. Stella não mexeu os lábios, não ergueu a mão, de repente apareceram lágrimas em seu rosto. Isso aconteceu quando estávamos cantando a felicidade do moleiro que não tem inveja de ninguém e, como supunha, não era invejado por ninguém. Possivelmente atraído pelo nosso canto, o jovem médico que estava na recepção naquele dia entrou no quarto, acenou para nós, inclinou-se sobre Stella, encostou dois dedos em seu pescoço e nos disse: "Queria pedir aos jovens que deixassem a paciente em tranquilidade, ela está precisando." Mais do que isso ele não disse, como provavelmente muitos esperavam. Saímos e vimos Georg Bisanz cumprimentando a avó, falando algumas palavras para ela, simpáticas, animando-a, do jeito que se fala com idosos.

Eu me despedi dos meus colegas, não fui para casa, peguei um atalho, voltei para o hospital e me sentei em um dos bancos doados por antigos pacientes e que tinham uma placa com o nome do doador. Eu me sentei no banco doado por Ruprecht Wildgans e esperei, esperei pelo jovem médico, do qual queria saber a coisa mais importante sobre Stella. O horário de visitação estava acabando, foi interessante observar as pessoas que passavam pela porta giratória, ainda sob a impressão do encontro com seus parentes. Involuntariamente, imaginei o que eles tinham visto e experimentado, a velha senhora de rosto duro, trancado, a jovem elegantemente trajada com a filha a tiracolo que, mal ganhou a rua, começou a saltitar, o rapaz apressado que correu até o estacionamento, a numerosa família, provavelmente turca – vi que havia pelo menos três gerações – cheia de cestas e sacolas, e até um oficial da marinha veio pela porta giratória com passos militares. O médico pelo qual eu esperava não apareceu. Eu estava acostumado a esperar. Na janela do quarto de Stella não dava para ver nada. Pensei em um casamento do qual participei como convidado. Tia Trude, a irmã mais nova de mamãe, casou-se com o dono de um quiosque que vivia de vender sanduíches, salsichas e refrigerantes; meu pai, pressionado pelos noivos, fez um discurso, e ele se lembrou de uma confissão que também podia ser compreendida como conselho: "Quando dois querem conviver, desde o início é preciso que estejam de acordo: quem limpa e quem vai cozinhar." Não conseguia imaginar essa verdade aplicada a mim e a Stella.

Duas freiras de hábito passaram pela porta giratória e depois delas um idoso que, mal estava ao ar livre, preparou seu cachimbo e o acendeu, apressado, como um viciado; tragava rapidamente, olhou para os lados e veio em minha direção. Com um gesto, pediu permissão para se sentar, à meia-voz, leu o nome de Ruprecht Wildgans, deu de ombros, como se dissesse: "Por que não?", e depois se sentou. Ele me estendeu o cachimbo. "Lá dentro não é permitido fumar." "Eu sei", disse eu, "eu sei." O jeito como ele me olhou tinha algo de desafiador, ele parecia se perguntar se eu era o interlocutor apropriado naquele banco, tampouco deixei de notar que ele estava tenso e queria dizer alguma coisa. Sem fazer perguntas e sem se apresentar, ele disse, abruptamente: "Não está certo se meu filho vai sobreviver, é o que o médico dele acabou de falar." "Ele está doente?" "Doente?", repetiu ele, e a maneira de pronunciar a palavra soou desdenhosa. "É o que se pode dizer mesmo, doente, doente da cabeça, eu diria." Ele tragou em seu cachimbo, gemeu, de amargura, de desespero, e aludindo ao seu infortúnio, ao infortúnio que o tornava tagarela, disse: "Ele achou que podia decidir seu próprio destino." Eu não compreendi de imediato o que ele quis dizer; depois de uma breve reflexão, ele esclareceu: "Nunca vamos compreender por que ele fez aquilo, ele atirou no próprio peito, quis acertar o coração, mas errou por pouco." O velho balançou a cabeça, como se resistindo aos seus próprios pensamentos, mordiscou o lábio, hesitou, mas prosseguiu, seu infortúnio parecia estar obrigando-o a isso. Ele não queria compreender que hoje em dia alguém tenta se matar por não ter passado num exame, um rapaz talentoso, amado por todos, que sabia ou devia saber quanto haviam feito para seu futuro. "Há duzentos anos, tudo bem, mas hoje?" Para se libertar do seu infortúnio, ele se virou para mim e tomou a liberdade – uma liberdade justificável – de me perguntar por que eu estava ali. "E tu? Tens algum parente lá dentro?" Eu respondi: "Minha professora", e acrescentei: "Alguns colegas e eu visitamos nossa professora, ela sofreu um grave acidente." "Acidente de trânsito?" "No porto", disse eu, "durante uma tempestade, ela foi arremessada contra o molhe." Ele pensou, talvez estivesse imaginando o que havia acontecido, então disse: "Nossos professores, sim." E depois: "Vocês a admiram?" "Mais do que isso", ao que ele me olhou, inquiridor, mas se deu por satisfeito com minha resposta.

Por que ele me deixou repentinamente sem agradecer, sem se despedir, eu intuí ao vê-lo correndo em direção aos dois homens de branco que haviam aparecido na porta giratória. Aprofundados numa conversa, eles foram até o pavilhão simples, ele saiu atrás deles, passos arrastados, certamente com a intenção de fazê-los confirmarem sua esperança. O médico pelo qual eu estava esperando não vinha. Estou acostumado a esperar.

Enquanto meu maço de cigarros encolhia, pensei em Stella; não tinha dúvidas de que iríamos esperar muito tempo por ela na escola, já haviam chamado um professor substituto para a primeira aula, um inglês que devia estar fazendo um estágio no nosso liceu. Seu nome já despertou um interesse alegre na turma, ele se chamava Harold Fitzgibbon, não era esguio, não era daquela magreza inglesa que se vê em tantos filmes da TV. Mr. Fitzgibbon era redondo, tinha pernas curtas e fortes, seu rosto avermelhado inspirava confiança. Todos ficaram felizes quando ele nos deu bom-dia em inglês, e eu lhe agradeci no íntimo pelo fato de ele logo no início mencionar o triste infortúnio de Frau Petersen – *"Her sad misfortune"* –, desejando-lhe uma rápida recuperação. Conhecendo as tarefas que Stella nos dera em suas últimas aulas, ele encontrou palavras elogiosas para *A revolução dos bichos*, de Orwell, contou-nos que, no começo, nenhum editor quisera aceitar o livro, mas que depois foi editado por Warburg, tornando-se um sucesso estrondoso. Mr. Fitzgibbon te agradeceu expressamente pela tua escolha; eu acreditei que ele nos felicitou por te termos como professora.

Fiquei admirado quando ele tentou descobrir o que sabíamos da Inglaterra. Stella nos dissera que os alemães davam especial valor a saber o que se pensava sobre o seu país, enquanto era inútil esperar pela pergunta de um inglês: *"How do you like my country?"* Mas o professor substituto fez essa pergunta – nunca soubemos como avaliou o grau do nosso conhecimento, mas o que ele descobriu deve ter-lhe dado o que pensar. Lembro do seu espanto, do seu sorriso econômico, da sua concordância: o que vós sabeis sobre a Inglaterra? Uma realeza antiga, Manchester United, Lorde Nelson e a vitória em Trafalgar, a mãe da democracia, o gosto pelas apostas, os *whigs* e os *tories*, as perucas dos juízes, jardins, Peter Paustin continuou enumerando, jardins ingleses – ele tinha estado com seus pais na ilha –, *fairness* e colônias devolvidas. Georg Bisanz escutou aquilo tudo sem participar, sem participar desse jogo de perguntas e respostas; de repente, ele disse, com súbita determinação na voz: "Shakespeare." Nós todos nos viramos para ele. Mr. Fitzgibbon parou de caminhar entre as mesas, olhou para Georg e disse: "De fato, Shakespeare é o maior que temos, talvez o maior do mundo."

No intervalo falamos só sobre ele, sua aparência, sua pronúncia, era fácil imitar o sotaque inglês em alemão, alguns de nós tentaram fazê-lo, e havia vários que gostariam de tê-lo como professor também nas próximas aulas. Ninguém imaginava que tu nunca mais voltarias para nossa classe!

Georg Bisanz – certamente ele recebia da avó a mesada farta de que dispunha – podia comprar coisas que nós não podíamos comprar – naquele domingo ele estava sozinho numa das mesinhas de madeira diante do quiosque, pedira bolinhos de carne e suco de maçã, e, quando me viu, me chamou com um gesto e logo me convidou a dividir o lanche com ele, e não só isso, queria me falar alguma coisa. Estivera no hospital, e depois da visita rotineira à sua avó quis dar uma olhada em Frau Petersen; havia uma placa na porta do seu quarto: "Entrada só depois de apresentação na sala 102." Georg não fez o que a placa mandou, abriu a porta do quarto de Stella e ficou plantado na entrada. "Ela estava morta, Christian, estava de boca aberta e olhos fechados, não resta dúvida para mim: ela morreu."

Eu não consegui escutar mais nada, saí logo, fiz um pedaço do caminho de carona, corri e corri, não deixei que ninguém me barrasse, nem mesmo o porteiro que saiu de sua casinha de vidro e ficou me chamando, nem a enfermeira que me fez sinais para parar. Eu sabia o número do quarto de Stella, mesmo naquele momento eu pude confiar na minha memória; sem bater, abri a porta. A cama estava vazia, o colchão, a roupa de cama e o travesseiro estavam no chão, diante da mesinha de cabeceira havia um vaso vazio. Diante da cama ainda havia a cadeira para visitantes, como se estivesse esperando por mim. Eu me sentei diante da cama e chorei, nem me dei conta de que estava chorando, pelo menos no começo, só percebi quando lágrimas caíram na minha mão e meu rosto começou a arder. Não notei que a enfermeira entrou, ela deve ter ficado algum tempo atrás de mim antes de colocar uma das mãos no meu ombro – essa mão no meu ombro –, ela não me repreendeu, não perguntou nada, não quis saber nada, deixou que eu chorasse, por compaixão ou porque a experiência lhe ensinara que não há nada que se possa fazer nesses momentos; o que ela disse depois, falou baixinho, cuidadosamente; ela disse: "Nossa paciente morreu, já a levaram para baixo." Como eu fiquei em silêncio, ela acrescentou: "Quem sabe o que lhe foi poupado, ela tinha graves ferimentos na cabeça. Foi arremessada contra o molhe de pedras." Com um gesto de consolo, ela me deixou sozinho.

Olhando para o jarro vazio, pensei no pai de Stella, imaginei-o junto de seus girassóis no jardim estreito. Decidi lhe dar a notícia; ao mesmo tempo, senti o desejo de estar lá, onde Stella vivera.

Ele já sabia, não pareceu muito surpreso quando me viu. "Entra", murmurou ele, e continuou se vestindo. Ele deixou que eu assistisse – assim como meu pai deixava que eu visse quando ele trocava de roupa. Seu aperto de mãos era frouxo, ele apontou para a garrafa de rum, desinteressado se eu me servia ou não. Depois de entrar nas calças de seu terno escuro – calças apertadas, fora de moda –, ele examinou o paletó à luz, bateu e esfregou um pouco antes de vesti-lo. Não sei se entendi direito, mas quando finalmente ele disse alguma coisa, eu entendi "meu esquilo", pelo jeito ele chamava Stella de meu esquilo quando estavam a sós. Por um instante ele desapareceu no quarto de Stella, abriu gavetas, folheou cadernos, quando voltou me entregou a carta, no envelope eu reconheci a letra de Stella. Ele se desculpou por me entregar a carta só agora, sua filha – o velho telegrafista agora só a chamava de 'minha filha'– a tinha mandado quando estava viajando, pedira que ele a entregasse pessoalmente, se possível. Depois, ele se desculpou mais uma vez, queria ir para o hospital, tinham pedido que ele fosse para lá.

Não foi em sua presença, não foi no jardim e nem na rua que eu li tua carta, eu tinha plena consciência de que era tua última carta, por isso quis lê-la sozinho, sozinho no meu quarto. Apalpando o envelope eu senti que era um cartão-postal; era uma fotografia, um convite para visitar um museu de ciências marítimas, a foto mostrava um golfinho folgazão que tinha saltado para os ares e que, pelo jeito, calculadamente, queria aterrissar numa onda. Havia uma única frase no verso: *"Love, Christian, is a warm bearing wave"*, assinado: Stella. Apoiada na gramática inglesa, eu coloquei o cartão ao lado do retrato de nós dois e senti uma dor involuntária ao pensar que eu poderia ter perdido alguma coisa ou que me haviam tirado alguma coisa que eu desejara mais ardentemente do que qualquer outra coisa.

Muitas vezes eu repeti aquela frase, percebendo-a como uma confissão, uma promessa, até mesmo como resposta a uma pergunta que eu cogitara, mas ainda não pronunciara.

Repeti a frase olhando para nosso retrato, fiz a mesma coisa também naquela noite em que, de repente, uma chuva forte bateu na minha janela, parecia ser granizo, uma chuva que não era chuva. Do lado de fora, vi Georg Bisanz, ele estava juntando um montinho de areia para atirar na minha janela; mal descobriu meu vulto, apontou para si próprio e para mim, e eu lhe fiz um sinal para que subisse. Georg, o aluno predileto de Stella. Ele mal olhou em volta, mal viu como eu morava, nem teve tempo de olhar, de ver como era meu quarto, mais uma vez precisava me relatar o que acabara de saber e que dizia respeito especialmente a mim. Como era ele quem levava nossos cadernos de redação para a casa de Stella, conhecia seu pai. Encontrara-o lá embaixo, na altura das placas náuticas, não falaram muita coisa, mas ele descobriu: o funeral iria ser no mar. Ambos, o velho telegrafista e a filha, haviam conversado sobre tudo isso havia algum tempo, ambos tinham o desejo de terem suas cinzas lançadas ao mar, e assim seria. "Vais estar lá?", ele perguntou. "Sim", disse eu.

A agência de funerais marítimos se situava junto da foz do rio, uma simples construção de tijolos, sem janelas, em que trabalhavam um pai e um filho. Já de manhã estavam vestidos de preto, e suas expressões refletiam um luto profissional. Eles já sabiam quando seria o funeral de Frau Petersen, locomoviam-se de um jeito estranho, sem querer tive a impressão de que eram dois pinguins. O funeral seria numa sexta de manhã. À minha resposta um tanto açodada de que eu não era parente, um dos pinguins me explicou, lamentando, que o barco tinha capacidade limitada; era uma embarcação chata, reformada, e como muita gente já tinha se candidatado – ele disse "candidatado" –, entre outras o corpo docente inteiro da escola, eles estavam com a lotação esgotada –, ele disse "esgotada".

Naquela sexta, o vento era fraco, o céu estava encoberto, os pássaros marítimos tinham seguido viagem; sobre o deserto da água – assim me pareceu – pairava a velha indiferença. Com a permissão do meu pai, Frederik e eu pudemos pegar o rebocador, Frederik estava no leme do *Ausdauer*, sempre preocupado em manter a distância, em manter sempre o prumo; com o motor a meia potência, seguimos a velha embarcação até o lugar do funeral, perto da ilha dos Pássaros. Não sei quem determinou o local; quando nós o atingimos, eles pararam, Frederik também desligou o motor e ambas as embarcações balançavam fora do alcance da voz no mar cinzento. "Toma o binóculo", disse Frederik. Através das lentes claras eu reconheci nosso diretor, reconheci alguns dos meus professores e o velho telegrafista. No convés havia duas coroas de flores e alguns buquês, e entre as flores, uma urna. Ao lado dela, numa cadeira de lona, estava sentado um pastor barrigudo. Sem esforço, o pastor conseguiu se firmar em pé, ele abriu os braços, pareceu que primeiro fez uma bênção, depois, sempre se dirigindo à urna, devia estar falando diretamente com Stella, deve ter mencionado resumidamente as principais estações da sua vida, balançou a cabeça para reforçar certas frases, como se não admitisse dúvidas. Correspondendo às expectativas que não eram só minhas, virou-se finalmente para teu pai. Agora todos tiraram seus chapéus, deram-se as mãos, ombros se encurvaram, eu vi que nosso professor de artes estava chorando. As lentes do binóculo embaçaram. Eu tremi e precisei me segurar na amurada. Tive a sensação de que nosso rebocador começava a virar. Pelo jeito, Frederik estava me observando; preocupado, disse: "Senta, menino"; o binóculo ele deixou comigo.

Com quanto cuidado o velho telegrafista segurou a urna, ele a apertava contra o peito, levou-a até a popa e, obedecendo a um sinal do pastor, abriu-a e a ergueu sobre a água. Parecia, Stella, uma fina bandeira de cinzas que se desprendeu da urna, espalhando-se só um pouco, sendo logo empurrada para baixo, para a água. Rapidamente a água absorveu as cinzas, sem deixar rastros, sem deixar provas, apenas dava para intuir um mudo desaparecimento, uma gramática do adeus. Embora ele estivesse ali, em pé, olhando para a água, teu pai também não teve outra opção, pegou uma das coroas, não a deixou simplesmente cair, mas a atirou para fora com um vigor que me surpreendeu. Depois dele, outros pegaram os buquês e os atiraram na água, nosso professor de esportes e dois outros do corpo docente abriram os buquês e largaram as flores uma a uma na água, onde uma leve correnteza as colheu e levou; tive a impressão de que um brilho emanava delas, enquanto balançavam na água movimentada. Naquele momento me dei conta de que aquelas flores flutuando na água fariam parte para sempre do meu infortúnio e que eu nunca mais conseguiria esquecer como elas ilustraram minha perda.

Não havia dúvida: as flores foram flutuando até a ilha dos Pássaros, em pouco tempo ganhariam aquela praia deserta; vou recolhê-las, pensei, vou voltar para cá sozinho e vou impedir que vocês apodreçam como algas arrancadas por uma maré violenta; vou levar as flores até a cabana do observador de pássaros e colocá-las para secar, elas ficarão sempre ali, naquele lugar de cumplicidade, tudo vai estar e ficar lá. Vou me instalar lá nas férias e dormir na espreguiçadeira, nos aproximaremos dormindo, Stella, teu peito tocará minhas costas, eu vou me virar para você e te acariciar, tudo o que a memória guardou, voltará. O que é passado já aconteceu de qualquer maneira e perdurará, e acompanhado de dor e do medo correspondente eu tentarei buscar aquilo que é inexorável.

Quando o barco com os enlutados começou a se afastar, voltando lentamente para a ponte do Seeblick, eu pedi a Frederik para não segui-lo imediatamente, mas para dar uma volta na ilha dos Pássaros. Ele me olhou surpreso, mas fez aquilo que eu lhe pedi.

Olhei sem ter consciência do que caía no meu olhar, vi Stella sentada no tronco, estava vestida com aquele seu maiô verde, fumava e parecia se divertir com alguma coisa, talvez com o jeito de eu me locomover na água que batia quase na cintura. Inseguro, emprestei teu rosto àquela pessoa sentada, Stella, e enquanto nosso *Ausdauer* circundava a ilha dos Pássaros, bem próximo à margem, eu imaginei nós dois passeando por ali de mãos dadas e sob os amieiros, subitamente nos dando conta de que ambos tínhamos um direito secreto à posse daquilo. Não me interessou o que Frederik podia estar pensando, depois do istmo em que havia apenas alguns pássaros brigando – aquela eterna briga de bicos e asas abertos –, Frederik me perguntou se eu queria voltar, eu fiz um gesto, dando a entender que ele devia voltar, seguir os outros, os convidados do funeral, cuja embarcação já estava amarrada na ponte diante do Seeblick e que, como pude constatar através do binóculo, tinham saído e já estavam nas mesinhas do restaurante.

Vida – pelo jeito, aquele lugar demandava muita vida: garçons levavam bebidas e comidas até as mesas, principalmente cerveja e salsichas e almôndegas com salada de batata, ainda não estava na hora de pedir tortas de frutas. Encontrei um lugar numa mesa redonda, Herr Kugler, nosso professor de artes, já estava sentado, ao lado dele, Tordsen, o comandante do porto, além dele, cumprimentei meu colega Hans Hansen e um desconhecido, um homem de cabeça redonda. Seu nome era Püschkereit, era um ex-professor, aposentando havia muitos anos, mas que ainda mantinha estreita relação com sua escola. Tinha dado aulas de história. Como fiquei sabendo, esse Püschkereit era da região da Masúria; sempre quando tomava a palavra, as pessoas sorriam, eu também tive de sorrir com sua mania de chamar tudo no diminutivo ou encontrar para tudo uma formulação carinhosa. Enquanto, nas outras mesas, reinava o silêncio e as pessoas se comunicavam por meio de olhares sobre qualquer coisa que o momento demandasse, Püschkereit achou que devia se lembrar de um enterro havido em sua família, o enterro de seu avô, que morava numa modesta casinha e morreu contente. Depois da refeição, cada um que estava preparado e disposto falou de coisas memoráveis da vida do defunto, sua sinceridade, sua cabeça-dura, sua simpática esperteza, mas também sua bondade e seu humor. Depois de o defunto ter sido exaustivamente comentado, tanto que parecia ser ele um dos convidados – algumas das lembranças memoráveis eram dirigidas ao caixão, que estava na sala –, aparecera um músico contratado e tocara seu acordeão, chamando para a dança. O comandante do porto, pelo jeito acostumado a pensar espacialmente, quis saber se havia lugar suficiente para dançar, ao que aquele Püschkereit disse: "Mas sim, depois que pusemos o caixãozinho na vertical, conseguimos bastante espaço." Ele fora professor de história bem antes do meu tempo. Tenho certeza de que o velho telegrafista, sentado numa mesa ao lado, escutou aquilo e não gostou da narração, ele se levantou, pediu a atenção de todos e disse com a voz calma: "Nada de discurso, por favor, nenhum discurso aqui."

Não deixei de notar que Herr Kugler de repente me observou, abertamente e, ao mesmo tempo, perscrutador, e depois de um momento me chamou com um gesto para me sentar a seu lado. Ele me confidenciou que o corpo docente resolvera homenagear Frau Petersen com um culto comemorativo no auditório, na quarta-feira seguinte. "Naturalmente, um representante dos alunos também deve falar, e então pensei em ti, Christian, enquanto porta-voz da tua turma, e não só eu", disse ele, avisando que era para ser uma homenagem digna. Não pude, Stella, não pude aceitar a proposta, pois enquanto eu ainda pensava o que esperariam de mim e o que eu seria capaz de dizer, uma lembrança emergiu dentro de mim, tão forte, tão dominadora que eu não consegui reprimi-la: vi aquele travesseiro, o território que havíamos descoberto para nós e que dividimos. Eu compreendi que não poderia revelar essa descoberta na escola, simplesmente porque, com uma revelação, algo que significava tudo para mim cessaria de existir – talvez as coisas que nos façam felizes necessitem ser guardadas em silêncio. Não, Stella, eu não quis falar na homenagem. Kugler lamentou e pedi desculpas por não aceitar. E tampouco quis permanecer mais tempo entre os convidados enlutados que comiam e bebiam e se visitavam nas mesas para trocar informações, para comparar aquilo que haviam acabado de vivenciar, eu não quis aquilo, eu não conseguia, meu único desejo era ficar sozinho.

O momento de me afastar em silêncio pareceu chegar quando se aproximou o forte ruído de um motor de navio que chamou a atenção de todos. Era um barco rápido que certamente vinha de uma estação da marinha próxima, um daqueles barcos novos que rebocava um veleiro numa corda, um veleiro com mastro quebrado. Não me surpreendi que um daqueles barcos estivesse prestando socorro, tantas vezes a marinha fizera ações de apoio em alto-mar, ajudando a todos aqueles que estavam em apuros lá fora, trazendo tantos barcos avariados de volta para casa. Era o chamado *Polarstern*, que eles devem ter consertado rapidamente, levando-o agora até o pequeno estaleiro ao lado da estação da marinha, Tordsen achou a mesma coisa. *Polarstern* – gostaria de saber quem teve a ideia desse nome. Lentamente, o rebocador passou por nós, ninguém se mostrou a bordo. Não o rebocador em si, mas sua imagem sempre ficará presente para mim, foi o que intuí, e minha intuição estava certa.

Fui andando para casa, percorri a praia, os olhos me doíam. Conchas secas estalavam sob meus pés, ninguém pareceu ter notado minha saída. Eu estava enganado. No lugar onde a velha canoa estava emborcada na praia – um barco sem cor, sem piche – chamaram meu nome, em cima do barco estava sentado Herr Block, nosso diretor; ele não estava no restaurante, escolhera aquele lugar para ficar a sós. Com um gesto cansado me convidou a sentar a seu lado. Ele, que sempre se mostrava tão rígido e reservado, que me humilhara certa vez, eu tinha necessidade de falar com ele. Ficamos ali sentados durante um momento, em silêncio, observando o cortejo de barco que se afastava, rumo ao mar aberto; de repente ele se voltou para mim, fitou-me com franca benevolência e disse: "Vamos nos encontrar no auditório, Christian, para uma homenagem. Alguns falarão em homenagem a Frau Petersen." "Eu sei", disse eu, "acabei de saber." "És representante da turma", disse ele, "gostaríamos muito que dissesses alguma coisa em nome dos alunos, algumas palavras breves, só algumas palavras sobre o que a perda desta estimada profissional do ensino significa para ti." Como eu não concordei logo, ele prosseguiu: "Se não me engano, também foi uma perda que te afetou pessoalmente." Eu apenas assenti com a cabeça e não pude impedir que meus olhos ficassem marejados. Ele notou aquilo sem surpresa, acariciou minha mão, refletiu um momento e perguntou: "Então, Christian?" Percebi que minha recusa iria decepcioná-lo, mesmo assim disse: "Não posso." Se ele tivesse indagado sobre a razão da minha recusa, eu teria ficado lhe devendo uma resposta, no máximo poderia ter lhe dito: "É cedo demais, talvez seja muito cedo." Ele se deu por satisfeito e quis saber apenas: "Mas vais participar da homenagem, não?" "Sim, vou participar."

Este livro foi impresso na Editora JPA Ltda.,
Av. Brasil, 10.600 – Rio de Janeiro – RJ,
para a Editora Rocco Ltda.